一位“90后”的广角镜头

拥抱生命的不完美

Embrace Life's Imperfections

羊萌——著

江苏凤凰文艺出版社
JIANGSU PHOENIX LITERATURE AND ART PUBLISHING

图书在版编目（CIP）数据

拥抱生命的不完美 / 羊萌著 . -- 南京 : 江苏凤凰
文艺出版社 , 2021.2（2025.3重印）
ISBN 978-7-5594-5252-8

Ⅰ . ①拥… Ⅱ . ①羊… Ⅲ . ①散文集 – 中国 – 当代
Ⅳ . ① I267

中国版本图书馆 CIP 数据核字（2020）第 190935 号

拥抱生命的不完美

羊萌 著

责任编辑	万馥蕾
装帧设计	王小耳
责任印制	刘　巍
出版发行	江苏凤凰文艺出版社
	南京市中央路 165 号，邮编：210009
网　址	http://www.jswenyi.com
印　刷	三河市兴国印务有限公司
开　本	787 毫米 ×1092 毫米 1/32
印　张	5.25
字　数	90 千字
版　次	2021 年 2 月第 1 版
印　次	2025 年 3 月第 3 次印刷
书　号	ISBN 978 - 7 - 5594 - 5252 - 8
定　价	69.80 元

序言

从童年到青年，中年到老年，无论身处人生哪个阶段，转折点似乎总会在不经意间出现：当你觉得生活顺风顺水时，它也许会恶作剧般给你当头一棒，让你怀疑人生；当你觉得它一塌糊涂时，却可能恰恰是步入崭新生活、迈向人生巅峰的开始。转折点意味着无限的可能。

我的转折点发生在二十岁。

我曾无数次感慨自己的幸运，使我早早经历了这样的转折：人生观的重塑，以及对自我的重新审视和挖掘。可以说，我的人生是从二十岁这年真正开始的，从我摆脱“乖乖女”称号的那一刻起。

在二十岁以前，我对自己有一种深刻的误解：我是个乖巧懂事的好孩子。直到后来我才意识到，这种乖巧源于我的迷茫、惰性与无知。很多时候人生的转折点只发生在一瞬间，而在那一刻之后，人生的轨道将全部重组。

而我的这个瞬间是大学时代的某个清晨，我蓬头垢面地从噩梦中惊醒，脸上还盖着来不及抄完的计量经济学作业，忘记套上盖子的签字笔在床单上留下蜈蚣般的印记。梦里我费尽心血建立起的一座巨大的沙堆城堡轰然倒塌，将我埋在暗无天日的黑暗里；转眼间我又穿梭到逸夫科技楼的教室里，看着老师的嘴一张一合，刹那间他变成了一个巨大的重型齿轮，直扑向我，要将我吞噬。

我猛然睁开眼，冷汗直冒。

人们总说梦是反的，而彼时的梦境却是我浑浑噩噩的大学生活最真实的写照。那一刻我盯着被口水浸湿的作业答案，仰天长啸了一声："天要亡我！"

那一刻我突然意识到：不能这样下去了，我得做点什么。

可是我究竟做什么呢？我到底想做什么呢？

上一次我思考这个问题，还是在幼儿园玩角色扮演游戏的时候。那会儿年幼的我苦思冥想着到底是当司机还是当医生，或是做其他什么职业。最后我选择去当一个蛋糕师，因为那时的我喜欢奶油温柔的香气，想要用它亲手绘出可爱的卡通图案。最重要的原因是我误以为只要做了蛋糕师，便可以没完没了地吃蛋糕，边做边吃，每天都吃，浸泡在甜美的乳白色里。

回想起那时的自己，我甚至有些羡慕，尽管幼稚，但却真真切切地拥有自己想要做的事情，甚至还能经过“深思熟虑”提出几点理由。在此后的很长一段时间里，我都丧失了这种出于天性的功能。

于是，二十岁的我心想：是时候返璞归真了。

我开始用力挣扎，就像曾经漫无目的织网的蜘蛛，想要摆脱缠绕于身侧乱七八糟、毫无建树的细线，从头开始编织足下的生存之网，一横一竖，一撇一捺。

《世界尽头的咖啡馆》一书中提到一个名词，叫做“PFE（Purpose for Existing）”，即个体存在的目的和终极意义。当前的我们生活在有史以来信息量最大、流通最快的时代，我们可以接触到来自各种不同文化背景，拥有不同经历和思想的人，也可以获取来自四面八方的信息。可以说，我们受到的外部限制越来越少，更多的限制是自己加诸身上的。

快节奏的生活里，大脑静思的时间和空间愈来愈少，我们也鲜少关注PFE这种看似虚无缥缈、实则对人生轨迹起到关键性影响的东西。书中说道：“为实现PFE而全力以赴的人，自带一种积极的情绪。”真正知道自己想要什么的人，往往会更加执着、无畏和乐观。挖掘PFE的过程，便是寻找真实自我和追求向往生活的必经之路。

后来，我走过许多地方，见到许多人，做了许多事，读了许多书，写下许多文字。这些文字记录着我对婚姻、情感、教育、自我和命运等等的思索和抉择。如本书中有一篇我曾写过的纪实文章《大米粒和小米粒》，主人公小米粒也是二十出头的年纪，却过着与我截然相反的生活，那样的世界是我从未想象过，也从未涉足过的。这个可怜却坚强的女孩用自己的故事告诉我，即使是世界上最黑暗的角落，也会有一抹阳光偷偷钻进，温暖着干枯、肮脏石缝里翠绿的小树，使它倾尽全力地向上生长。

我们身处的世界本就是如此，它并不完美，有阴亦有阳，有圆亦有缺，有喜亦有悲。然而，正因为这多元性和矛盾性的存在，这个世界才更加丰富和完整。

后来，我在北极圈观赏极光，在费尔班克斯过着原始人的生活，在大峡谷上空盘旋凝望那纵横交错的沟壑，在驾车穿过漆黑的深山老林后趴在车盖上仰望漫天繁星……

在某个瞬间，我突然意识到，在我曾像机械般忙忙碌碌的那段时间里，这些地方始终存在，眼前的星系、峡谷早已存在百万、千万，甚至上亿年，而我的存在就仿佛是浩瀚宇宙中的一粒渺小尘埃。如果我曾认为重要的那些琐碎其实微不足道，那么什么才是重要的？我为何存在，又该怎样度过我这无足轻重的一生?

或许需要很多年我才能找到这些问题的答案，而这答案是非找不可的。在经历过上述这一系列思想转变之后，二十岁以后的我逐渐受到了幸运女神的眷顾。从出国留学、结婚到生下两个可爱的女儿，再到写下这本书以记录这份幸运背后秉承的心态、观念和思维模式，我不断地挖掘和更新自己的PFE，并尽最大的努力付诸实践。

本书部分内容最初发表于我的自媒体公众号：萌式羊汤，后在众多读者的鼓励下改编成册。我想记录下自己的故事和心路历程，时刻提醒自己并告诉我的孩子：知己所欲，在自己的时区稳步前行；保持本心，拥抱这个并不完美的世界。

目录

01 在自己的时区稳步前行

02 拥有爱的人会发光

03 我愿陪你蹲在墙角做只小蘑菇

01 在自己的时区稳步前行

“这么早组建家庭会不会就此改变你的人生轨道？如果为了家庭需要舍弃某些眼前的机会，你会后悔吗？”

这是我时常面对的问题。很多与我同龄的年轻人常持有这样的疑问，甚至一些较为年长的友人和长辈也曾如此发问。

不少人对家庭这一选项存有一种无法言明却又根植于潜意识中的疑虑。或许是受某种观念的影响，选择家庭似乎等同于放弃了学业、事业甚至是自己原本的生活轨迹，同样，选择事业和自我追求又往往与家庭相冲突。

所以，面对这类问题时我从不感到意外。我会认真且坚定地告诉提问者：“我不会后悔。”

我对这一点深信不疑，并不单单出于对爱情和婚姻的信任，也并非对自己的人生盲目自信。这份坚定源于我的信念，对自我，对生活，对未来。

先前经挚友的推荐，看过一段访谈。在访谈中，台湾金牌作家、风靡一时的电视剧《我可能不会爱你》

和《荼蘼》的编剧徐誉庭讲述了一个故事。二十岁那年，正逢人生重大转折点，年轻的徐誉庭站在一个岔路口，眼前面临着两条道路：一条是结婚生子暂且稳定下来，一条是独自远离家乡去异乡打拼。思来想去，她选择了第二条路，也是当时的她所认为更值得的道路。而后一路风雨无阻，她怀揣对作品的敬畏和自始不变的初衷，创作出为万人津津乐道的影视作品。

有人问她："您后悔当年的选择吗？"

"我从未后悔，"她从容回答，"但是，倘若那时的我选择了第一条路，我相信我依旧不会后悔。或许相较于此刻要晚上五年、十年，甚至二十年，但我仍然会创作出一份属于自己的作品，也许内容有异，也许感悟不同，但那一定是值得我骄傲的并且一定会做到的。"

她的经历和回答给了我很深的触动。创作是她的根基、她的信仰，这不会因为她的选择而改变。我们终究会成为怎样的人，过上怎样的生活，其实在很久之前就已经有了定数。在徐誉庭的世界里，无论她做何选择，她必将全力以赴、一步一个脚印地向前走，不后悔，不犹疑，不忘初心。正如她所说，即使她选择了另一条道路，她也终究是她，那份内心的执着和对理想的热忱不会随时间流逝而消散，而是在岁月里沉淀积攒，熠熠生辉。

一个人终究会过上怎样的生活，终究取决于个体，取决于规划、心态、眼界与格局。先成家或是先立业，又或是边成家边立业，选择的顺序或许会改变短期的生活和一些事情的先后主次，然而，从长远的角度看，这并不影响个体自我价值的实现和对理想人生的追求。

我在国外读研的时候生了两个孩子，这段经历对于我而言是磨炼，也是馈赠。有人问我这样的选择是否会让我偏离自己的生活轨道，答案是肯定的。生活的重心偏向家庭，与唾手可得的机会失之交臂，短期内的牺牲在所难免，尤其对于女性而言。

然而，有舍必有得。有了孩子后，我多了一股子拼劲，更加坚定地想要实现梦想，也更为乐观和积极。我想，如果我希望自己的孩子们能够快乐地、自信地成长，为了喜欢的事而孜孜不倦地努力，那么我也应该努力成为那样的人；有了孩子后，我对儿童的心理和教育及原生家庭对其的影响也有了更深的理解，更有了研究这些问题的动力，这也是我从婚姻和孩子身上得到的一份礼物。这份礼物对我的人生将有着深远的影响。

有首红极一时的英文小诗，其中这么写道：

“New York is 3 hours ahead of California, but it does not make California slow.

（纽约时间比加州时间早三个小时，但纽约时间并没有变慢。）

Obama retires at 55, but Trump starts at 70.

（奥巴马总统55岁退休，而特朗普70岁才当上总统。）

Everyone is running their own RACE, in their own TIME. Life is about waiting for the right moment to act.

（每个人在自己时区都有自己的步程，生命便是等待正确的行动时机。）”

每个人都有自己的时区、步调和追求。无论是“领先”于别人，还是“落后”于别人，都无须羡慕，更不必自傲，因为每个人选择的道路不同，起点不同，终点亦不同。选择自己想走的路并且坚定不移地走下去是种幸运，守住这份幸运需要足够的勇气和毅力，以及正确的方法。在自己的时区稳步前行，不骄不躁。每次日升日落，每片日月星辰，都不容错过。

为什么要上大学？

小时候时常听到一句话："好好学习，才能上个好大学，找份好工作，过上好生活。"上大学已然成为时代的潮流，是为数不多不分国界的潮流之一，上名牌大学更是许多人引以为傲的谈资。美国电影《录取通知书》（Accepted, 2006）中巴特比的父母这样说道：

"Society has rules. And the first rule is you go to college. You want to have a happy and successful life? You go to college."（社会有其规则，首要的一条是你要上大学。如果你想拥有成功且快乐的人生，你就必须上大学。）

而如今，本科生（乃至研究生）遍地都是，在越发有限的资源里和日益残酷的竞争下，大学这门槛不再是"找好工作"和所谓成功人生的充分必要条件。"寒窗苦读十余载，只为榜前嗨一嗨；一入大学深似海，从此游戏是真爱。”这成为不少年轻人的真实写照：拼命考上好大学好专业，随后就像脱缰的野马、脱轨的火箭，白天休眠晚上赶作业半夜打游戏，过得浑浑噩噩；抑或是依旧马不停蹄地照着书本学，考试前背书到眩晕，考试时分低得均匀。

其实，每个人上大学前都应该回答一个问题：接受高等教育究竟是为了什么？

高等教育不是为了镀层金以便滥竽充数走捷径，而是为了培养具备探索精神、独立创新能力和科学研究方法的个体。现实并非如此，不少大学依旧延续着拾人牙慧、照本宣科的教育模式，越来越多的学生感到困惑、迷惘，看不清未来前进的方向，找不到真正想做的事情，不知道精神世界的洞口如何填补，沉溺于快餐文化，缺乏独立思考的能力，按照父母定好的轨道漫无目的地负重前行。

我个人挺喜欢《录取通知书》这部电影，想必教育工作者和准备踏入高等学府的青少年也会对它有一丝兴趣。整部电影有些“恶搞”，荒诞又真实，耐人寻味。男主人公巴特比是传说中的“学渣”“废柴”，被所有申请的大学拒绝后，在父母的不断施压下，他联手几个遭遇相似的“废柴”哥们儿创办了一所大学，由废弃精神病院改建，名为“South Harmon Institute of Technology”，简称“SHIT”，并给自己发了一封珍贵的Offer（录取通知书）。

本只是“下下策”，想欺骗父母，蒙混过关日后再另谋出路。结果，在创建学校官网时，他们意外地在网站主页设置了申请和自动录取的功能。某天早晨，当巴特比打开学校的大门，便看到门口聚集着黑压压的年轻人，这些人都是被各种大学拒了个遍、走投无路之际突然收到SHIT录取通知书的“学渣”中的VIP。

原本打算坦白真相的巴特比看着他们眼中期待的光芒，突然不忍心了。于是，这位年轻人硬着头皮做了一个疯狂的决定：把大学办下去。在这所与众不同的大学里，他们既是学生，也是老师；他们拥有足够的时间和空间尽情地探索和研究自己热爱的、感兴趣的学科。在这座 “象牙塔”之外的废弃大楼里，他们竭尽全力实现自己的理想，也最终向家人和外界证明了自己存在的价值。

影片的最后，学生们说：“真正的学习就发生在这里，无论你是否承认，它就是事实。我们甚至不需要借助老师、教室和虚浮的传统来学习，只需要每个人有提高自己的愿望。”影片中还有一句话我也非常赞同，“The true education is to stimulate the creativity and passion of student body（任何抹杀创造性和激情的教育都不足以被称为真正的教育）”。

美国教育哲学家罗伯特·赫钦斯宣称，教育的目的是发展智力本身，以及教会学生如何发展智力，而智力的主要功能又是理解和创造。我始终坚信培养有创造力和研究精神，能推动社会进步的个体的教育是远高于照本宣科的填鸭式教育的。

教育不是一味地灌输，而是点燃思想的火焰。

值得反思的是，这样一群“废柴”在特定环境的刺激和启发式教育中尚且能够深入地研究自己擅长和感兴趣的某一领域，为什么一些父母老师眼中的“学霸”却难以做到呢？

每个人都会有自己的理想和追求，或是想深入研究一个并不热门的领域，或是想开个甜品工坊，又或是想成为一名摄影师，四处游历，用镜头记录这五花八门的世界……做梦是年轻人的特权，其所接受的教育不该成为这些梦想的绊脚石，而是应该促使其成为更成熟、坚定且无畏的逐梦者，能够在自己擅长的领域做出点成绩，找到自己的价值所在。

人生路漫漫，真正的领悟、改变与成就不在一朝一夕，也不是仅仅借助高等教育和教育工作者的协助就可以获得。大学是年轻人思考、探索和钻研的最佳时机，从这个时期开始规划自我的人有更大的概率会在未来的岁月取得一定的成就。

把人生“浪费”在喜欢和擅长的事情上

不久之前，我和一个学弟聊起他毕业后的打算。他满面愁容地告诉我，即将从美本毕业的他每天被父母的“夺命连环Call”逼着读博。

“我又不擅长做研究，为什么要读博呢？何况我志不在此呀。”学弟一脸焦虑。

他的父母则不以为然，理所当然地认为只要读了博，回去便能找个教师一类的工作做做，既有面子又稳定。殊不知，读博的最终目的是为了能在学术研究方面有所建树，有多少年轻人踏入非自己兴趣所在的博士生涯后苦苦挣扎，又有多少在这过程中迷失了自我，失去了原本的方向。这种选择诚然令人引以为傲，然而，它真的是心之所向的选择吗？

“我不想读博，可我也没想好如果选择工作的话我该做什么。他们总是强调稳定、体面，我已经不知道该从何做起。”他说。

大学毕业是一个重要的转折点，许多毕业生在享受跳出“牢笼”一时欣喜的同时更多地承受着压力和煎熬。究竟是选择继续深造还是工作？该找什么样的工作？面对父母擅自铺路和施加压力的行为应该怎么办？余生究竟何去何从？

人生有多长？如果十分幸运地活到百岁，差不多有36525天的时间。在这3万多天的时光里，找到一件想做的事，并且做到极致，足矣。

找到想做的事情并非想象中那么容易，多数情况下需要经历反复的挖掘和试错才能寻到答案。首先需要做的是静下心细想自己的每个选择是为了什么，继续读书是为了什么，每份工作又是为了什么？在考虑清楚这一切之前不必操之过急。如果得到的答案是诸如“别人都这么做”，“我父母朋友都劝我这般那般”，那么这便不能称之为“真正想做的事”。

每个人都拥有自己的轨道，那么，你的轨道在哪儿呢？

我曾询问过美国的同学，为什么要读商学院研究生。有人回答是为了奠定管理学或金融学理论基础，有人回答是为了体验生活，也有人回答是为了升职。其中有一个回答非常有趣，一名加拿大籍印度裔的女孩告诉我她是为了向她自己和父母证明她真的不适合读商科研究生，或者从事这领域的工作。这两年多的求学生涯让她更加坚定了回归本科社会学的研究方向。她说："我希望可以用学到的知识真正地帮助其他人。"

在这次提问中，我得到的答案五花八门，却都是经过回答者深思熟虑的。没有经过思虑和调研的选择，即使是一条看似稳妥的路，也可能荆棘丛生，更糟糕的是当事人未必具备披荆斩棘的能力；反之，即使选择一条少有人走的路，也不见得走不稳、走不好。倘若付诸努力后依然不见成效，也不必后悔，把它当作一次试错，从中积累经验。试错的过程本身也是一次学习、探索的机会。

再者，选择做自己喜欢的、擅长的事情，才能最大限度地发挥潜能。何为喜欢的事情？有人说喜欢旅游，却从未亲自策划过一场有主题、有内容的旅行，想欣赏东方的山水风光，想看遍西方的异域风情，最后却还是嫌麻烦选择宅在家中；有人说喜欢打游戏，却不愿花点精力去研究一下游戏的规则和技巧，或是每个英雄的角色和技能，段位总升不上去，久而久之也就因挫败感放弃了；有人说喜欢摄影，买了单反趁着三分钟热度把玩了几天，找了几个模特练手，结果后期还没完成就感到厌倦了；有人说喜欢电影，却宁愿在周末睡得昏天黑地也懒得花些时间去翻看一本电影史的书；有人说喜欢写作，却因为附加值低、过程艰辛，不到小半年就弃了坑。这些算不上喜欢，顶多是一时兴起给自己找的乐子，新鲜感一过便有了惰性，难以坚持。

传统思想中好工作的第一要素是“稳定与体面”。实际上，世上没有绝对的稳定。有句话说得好，唯一不变的就是变化本身。时代在飞速地变化，曾经挤破脑袋进入证券公司的佼佼者，如今也会面临裁员的风险或转行的选择；曾经被嘲笑“爬格子”没前途的写作者，如今也可能在新媒体的浪潮中风生水起。

再来谈谈体面的问题。我以为，靠自己一技之长创一片天地均为体面。能否一直稳定和体面下去的关键在于是否热爱、钻研和倾其所能地做好当下的事情。

我曾认识一个插画家，他的父母逼着他考公务员，拉着七大姑八大姨软硬兼施，苦口婆心地劝他趁早停止“胡闹”，却拗不过他坚定的意志。他郑重其事地告诉父母：“哪怕很苦，我也想把这件事做好。”

起初，他先进了一家杂志社，专门设计刊物彩版插图。别人吃饭，他在画图；别人睡觉，他在改图；别人下班后喝酒打麻将，他在家里默默地上网课。有时候主编对他的成品不满意，让他连夜重新设计一份，他也不恼，掉头就去做。那个阶段他过得异常辛苦，经常顶着熊猫眼，周而复始地画图，改图，销毁，重画。印象里每次见到他都是顶着熊猫眼一副憔悴的模样，却还是乐呵呵地给大家看他的新作品。朋友们经常调侃道："这家伙是有无产阶级革命信仰的。"

后来，他的事业逐渐走上正轨，创办了工作室，专门为杂志和自媒体提供插画，有时也负责商业插画。再后来，工作室有了起色，由于口碑好，许多颇有名气的杂志和自媒体开始主动邀请他合作。

曾经的质疑、白眼渐渐退出了他的生活。他赚的钱不多不少，足以将生活过得有滋有味。父母见到他还是会唉声叹气抱怨几句，却也没再干涉他。谈起这段往事，他说能走到今天一是因为喜欢，二是因为擅长。

一个高效的团队，无非是各司其职，专业的人做专业的事。做好一个项目，需要精通数据分析的人，了解市场渠道的人，熟悉文案策划的人，等等。寻找合适的工作，就是将自己的特长与公司或团队对专业性的需求相匹配。倘若一个文案工作者做数据处理的工作，想必是事倍功半的结果，个人价值无法体现，也难以为团队创造价值，更别提归属感和成就感了。

第一份工作的选择至关重要，几乎奠定了职业生涯的基调。俗话道，人生最怕两件事，嫁错郎，入错行。

寻找感兴趣且能发挥专长的工作，道阻且长。这条路需要慢慢地走，戒骄戒躁。这最终的选择应当不为合众，不为虚名，只为自己，问心无愧。

人这一辈子与其耗在心生厌烦的工作上，不如“浪费”在喜欢和擅长的事业上。所谓浪费，就是放浪形骸、熬心费力。既有不畏世俗与偏见的勇气，又有拼尽全力达成目标的意志力，才能战胜怯懦与惰性，成功且快乐地“浪费”人生。

成为把信送给加西亚的人

大四那年，我作为交换生前往美国学习。远离舒适圈的留学生活让我深刻地认识到一个道理：不主动找麻烦，不代表麻烦不找上门。生活往往是如此地喜怒无常，上一秒和颜悦色，下一秒当头一棒；上一秒风和日丽，下一秒昏天黑地。独在异乡打拼，割舍掉依赖的习惯，像海上的孤舟，任凭日晒雨淋也要硬着头皮前行，一不小心被大风吹上了孤岛，也要想方设法寻个浮木漂回来。

在文化、规则迥异的环境里，很容易遭遇各式各样的麻烦事，例如，寻找合适房源、车源时遇到信息不对称的问题，陷入与房东或经销商的纠纷；信用卡被盗刷后不了解国外银行处理或警方受案流程；不同的保险制度和医疗体系导致高额账单接踵而至……

起初遭遇这些麻烦事，第一反应是抱怨："为什么会发生这种事？我什么都不清楚怎么能处理好这种事？"而随后不久便意识到抱怨和恼怒都没有用。既不存在经验之谈，又缺乏成形的人际关系网，形势之下唯一能做的就是找到处理问题的方法，把不可能变成可能。

来美国的第一年里我遇到过不少麻烦事，其中两件印象极为深刻。第一件事发生在初来乍到之时，由于对课程设计缺乏了解，我选择了一门当时完全无法驾驭的金融课，上课宛如在听天书，作业全靠队友辅助。果不其然，第一次考试我挂科了。这对我打击很大，加之当时忙于国内大学双专业的毕业论文选题，可谓焦头烂额。

课程的教授是位戴着大黑框眼镜的中东老头，他慈眉善目地劝我直接放弃这门课。他说："你是交换生，错过了先前的基础课程，直接上这门课就像建空中楼阁，是不可能完成的任务。"

他的建议很现实，可我那会偏偏有一股"无知者无畏"的勇气，下定决心挑战这个"不可能的任务"。基础课程欠缺，那就恶补基础知识；作业题目没头绪，那就从理清例题的思路开始。那段时间我常因熬夜而面部水肿，颜值直线下降。值得庆幸的是，成绩和颜值适成反比，最后竟以不错的分数通过了这门课。

这其中当然有运气的成分，教授人性化地调整了两次考试的占比，以至于后一次较高的分数基本覆盖了前一次那惨不忍睹的数字。这件事教会我在最煎熬和无助的时刻调整心态，控制负面情绪，修复木桶的漏洞，也对日后研究生阶段的学习影响颇大。

第二件事更为曲折，我在高速公路上被警察扑停，原因是超速和没有车牌。我试图辩解：车牌已经按照程序办理，只是先前机动车辆管理局寄丢了，正在重新邮寄的过程中。另外，我刚从弯道减速驶下，并未超速。申辩无果，一张600多美元的罚单轻轻地飘进车窗。

接下来很长一段时间里我独自研究着申诉的方式和流程、需要哪些部门的协助、如何获取当局相关证明资料、申诉信的书写技巧，等等。这件事教会我如何在规则允许的范围内维护自己的合法权益。当毫无头绪不知从何开始时，不妨先主动思考和研究。这个世界上，除了爱情之外，还有一件事情是不分性别、年龄、种族和国界的，它便是——“踢皮球”。与其开口就问，不如先动脑子。倘若问题不建立在思考和调研的基础上，被提问者不是解决问题的关键人物，那么遭遇“踢皮球”是在所难免的。

思想决定行动，情绪决定结果。对症下药，积极对抗。

阿尔伯特·哈伯德在《致加西亚的信》中讲述了这样一个故事：美西战争时期，麦金莱总统想要尽快和西班牙反抗军首领加西亚取得联系、达成合作。加西亚将军正在古巴的丛林里，没人知道他确切的位置，也没人知道怎样带信给他。关键时刻，有人向总统推荐了一个人，他便是罗文中尉。

“他总有办法完成任务。”推荐人如是说。

罗文拿着信，没有问“谁是加西亚”？也没有问“为什么是我”？他把信封好，挂在胸口，划着一艘小船，四天后的夜里在古巴上岸。他徒步走进丛林，跨过这个危机四伏的国家，把信带给了加西亚。

罗文没有问出上述的问题，因为他明白如果人们都知道答案，那么就称不上是任务了；如果人们都会去做，那么他的价值也难以体现了。他没有抱怨：为什么是我？没有捷径吗？为什么麻烦的事都要我来担？你不能让汤姆做吗？不能让杰瑞做吗？你看迈克就坐在那里悠闲地抖腿呢，为什么不找他呢？

相反，对于罗文而言，正因为没有先例，充满未知，这份任务才珍贵且有执行的意义，它是个少有的挑战。与其说不可能，倒不如说不作为。困境的降临和负面情绪的笼罩都是常态。能否把信送给加西亚靠的是积极调整心态，以及发挥主观能动性。付出换来回报，勤奋换来经验，忠诚换来信任，主动换来创新。

当年《致加西亚的信》风靡一时，随之而诞生的罗文精神成为新时代宣扬的主旋律。很多人称其为领导层的“洗脑术”，事实并非如此。把信送给加西亚不只是对上级和任务的忠诚，其背后更多的是对自我和理想的忠诚。个性的解放、自我价值的实现和对任务的忠诚，这三者相辅相成。

其实，麦金莱总统便是生活本身，它将复杂的任务布置给人们，使人们在困境中寻找突破点。从被动防守到主动出击，在无数次失败、失意之后调整路线，罗文最终把信送给了加西亚。

文明，就是孜孜不倦地寻找能将信送给加西亚的人。

无形的死亡推手：抑郁症

2016年2月23日，年仅十八岁的史学奇才林嘉文从高楼上纵身一跃，结束了年轻的生命，引起轩然大波。随后，媒体曝光其自杀的原因系抑郁症，众人唏嘘，皆叹惋：小小年纪怎么就患上抑郁症了呢？

听闻林嘉文死讯后，我本能地感到遗憾，为他走进了弗洛伊德的“死之本能”而深感遗憾。弗洛伊德说：“生命均从黑暗、温暖、平静的子宫而来，生命一旦开始，一种意欲返回无机状态的倾向随之而生。所有生命的目标都是死亡。”林嘉文是患有抑郁症的天才，而抑郁症是这世界上最难以被察觉和治愈的病症。为何他会患上这种心理病症，又一步步走向死亡？起初，我想或许是他形而上的思维与当下世界格格不入，从而陷入死亡本能的“怪圈”，把死亡看作最好的归宿，驱使个体启动了“自毁程序”。

然而，在反复、仔细地阅读林嘉文的遗书后，浮现于眼前的不再是一个孤傲的天才，而是一个脆弱又敏感、疲惫又恐慌的孩子。在这条留给世界最后的讯息里，他刻意保持着看似自然、平静且通透的语气。

弗洛伊德提到，死亡在本质上是缄默的。可在我看来，林嘉文的死并不缄默，甚至能听到他负气而去的呼喊声。他说，最后时刻内心竟有一种施舍般的悲悯；他说，从没有机会吐露对历史老师刘雅雯的爱恋；他说，校园里师生身份权利的差异，当以寡廉鲜耻评判之，云云。

他写下历史巨著，滔滔不绝地阐述着粗浅论调；他对生与死、性与爱、历史与政治看得通透；他甚至已看清自己的极限和局限。这样一个聪慧的少年却将自己划为异类，把生命看得苍白无力，甚至连死亡也要摆出孤傲的姿态，在表象的巅峰死去，不允许任何人评判他的做法、摆弄他的身体。这一刻，我只看到一个开启了心理保护机制的孩子，封闭自我，渴望逃避。

想起电影《心灵捕手》中的一句话：“你只是个孩子。其实你根本不知道自己在说什么。”这突如其来的想法令人难受至极，或许，从未有人尝试去理解和拯救这个孩子；或许，这场悲剧本可以避免。

近几年，抑郁症成了越来越多生命背后的死亡推手，暂且抛开公众人物不谈，很多年轻人也难逃抑郁症的魔爪，在痛苦和无助中走向生命终点。这其中不少人具有高学历和海外留学背景，是旁人眼中的天之骄子，品学兼优、乐于助人、性格开朗，俗话称“别人家的孩子”。他们的离去总让家人和朋友难以置信，换言之，直到他们离开的那一刻也未能得到身边人的理解。

这些优秀的年轻生命本该在自己的领域有所成就，实现自身价值和曾经的愿望，却饱受心理病症的摧残，在环境的漠视和旁人的无作为下，最终被推上绝路。这些年悲剧频发，而时至今日，抑郁症、躁郁症等心理疾病往往还是得不到应有的重视，多数人依旧将其视为脆弱和矫情的体现，或是难以启齿的“毛病”。

生活中不乏这样的案例，身患抑郁症的女孩曾试图向家人求助，却被母亲责骂“没事找事，不知好歹”；患病多年选择自杀的男孩母亲捧着他的遗物哭骂他不孝。很多人时常质疑抑郁症患者的行为，究竟有什么能高于生命呢，怎么就想不开呢，自己不会调节负面情绪吗？人们对抑郁症常有误解，认为它是可以通过自我排遣而消散的小情绪。殊不知，患者早已对自我价值和生命意义产生怀疑，像迷失在浓雾中的探险者，再也找不到归去的方向。

美国作家安德鲁·所罗门曾说，抑郁的反面不是快乐，而是活力。抑郁不是可以通过自我调节而缓解的负面情绪，而是已经嵌入性格和个性中的“灰色面纱”。随着这层面纱越发厚重，精神世界开始缓慢地死亡。有人将它比喻为罗琳笔下摄魂怪的吻，稍经触碰，便可使人们的思维慢慢地、无意识地进入一片最深暗的区域。

曲高和寡，在他人眼中，越是高学历的优等生越没有理由抑郁，名牌大学、优越生活、前程似锦，还有什么不满足呢？事实并非如此。课程的压力、论文的实施难度、与导师的关系危机以及对自我价值和选择的怀疑均是巨大压力的来源。部分同龄人已然开始工作，组建家庭，他们既承受着项目或实验数据时刻被推翻的风险，又疲于应付家中长辈的催婚和逼婚。

英国《自然》杂志曾于2017年发布采访数据，在1574名在读博士生中，45%的受访者曾受抑郁症困扰并试图向外界寻求帮助，另有3%的受访者对此闭口不谈。在这些抑郁症患者中，仅有35%的幸运儿得到了学校和社会相关人士的帮助并卓有成效，剩余65%的患者依旧在痛苦边缘徘徊，渴望寻求有效的帮助和心理治疗。

我读研期间在商学院担任助教一职，从这段经历中深刻认识到美国学校和相关机构对学生心理问题的重视。当学生被诊断出心理问题时，需将医生的证明资料提交给校方。学校根据其程度轻重和不同需求向各学科的教授和助教发出系统和邮件通知函（Accommodation Letter），要求每位教育工作者根据要求向学生提供学业上的帮助和心理上的支持。

我的班里有个男生患有注意力缺失症（简称“ADD”）和轻度抑郁症，根据学校要求我需要时刻注意他的课堂跟进程度以及作业和考试状况，并在办公室坐班期间给予他更多的协助。

起初，我对这类“问题学生”存有一种刻板印象：邋遢、散漫、叛逆，跟不上节奏。然而，当这个男生第一次出现在办公室时，我先前的认知被完全颠覆。眼前的他帅气、阳光、上进，有着比常人更为敏锐的洞察能力和更为敏捷的思维能力。这样一个孩子，若非提前知晓情况，我是无论如何也没法看出他有心理问题的。

他告诉我，父亲在他小学时和母亲分开，随后独自离开洛杉矶去了西雅图，开始他很伤心，但这些年渐渐开始理解父亲的选择；他告诉我，因为心理问题他时常需要花别人双倍的时间去完成学习任务，孤立无援时会产生很强的挫败感；他告诉我，有很长一段时间他需要通过药物维持精神状态，现阶段正在努力戒除药物凭借意志力维持现状。

最后，他笑着问我：“你相信我能做到吗？”

大学生活对于他来说是充满积极力量的。他的幸运之处在于整个环境对他的重视和帮助，教授会不厌其烦地回答他脑洞大开的问题，各门学科的助教会聚集在一起分享他的状态，学校在重要考试时会单独给他安排一个舒适的房间，书桌、座椅、光线等都可以自动调节，同时会适当延长他的考试时间。

当大环境对抑郁症有足够的正视和防控时，有潜在风险或已经患有抑郁症的个体才能得到及时和专业的帮助。在怀孕期间，医生了解到我学业繁重、压力较大的现状，特地安排了心理咨询师在孕期和产后对我进行专业的心理疏导和情感疏通。他们始终在重复一句话："当你感到困惑和痛苦时，请记住有专业的团队在支持你、帮助你，你并不是孤军奋战。"

与此同时，医院会设置孕妇和丈夫共同参加的课程，科普丈夫在产妇抑郁症防控中起到的重要作用。产后抑郁症不是矫情的体现，而是分娩后的激素变化、精神压力和紧张情绪共同作用导致的程度或轻或重的抑郁。从20世纪80年代开始便不断有心理学研究表明，社会支持程度和与丈夫的关系都会直接影响女性产后抑郁的可能性。

关于抑郁症很重要的一点是永远不要忽略身边人和自己内心发出的"求救信号"。当压力和焦虑已经明显超出承受范围，兴趣感和欢愉感大幅度减退，或伴随注意力缺失障碍、睡眠障碍，乃至自残行为，一定要勇于向相关机构寻求帮助。国内外学校通常设有心理咨询室，如果情况严重会转移患者到相关医疗机构接受更为专业和系统性的治疗。

抑郁症绝非不光彩的事，只是心理暂时生病了，正如普通炎症一般，需要借助医学手段进行治疗。看一个社会是否进步，要看人们如何对待弱势群体和“另类人群”。存在即合理，可惜许多人还未领悟其中之道，于是，“我懂你”和“我帮你”这六个字是不少抑郁症患者不敢奢望的，只能独自恐惧着、迷惘着。

作家柏邦妮说：“你的疼痛是必须的，你的焦虑也是。”

个体总是在善与恶、黑与白、混乱和平和、真理与悖论之间寻求着某种平衡。这是常态。这个世界之所以精彩，在于它的立体性和多样性，它充斥着奇异色彩，多变又稳定。

黑夜里，你能否看到更远的星星

前篇谈到社会环境对抑郁症防控和治疗的重要性，此篇则侧重于个体如何面对环境的复杂性和双面性。

前段时间朋友在谈及抑郁症话题时，讲起一名学霸女孩的遭遇。女孩是她的表妹，从小性格温和，很听父母的话，成绩优异，不知多少家长把她视作模范生，数落自家孩子。

2017年，女孩凭借着常人想象不到的努力申请上了美国某高等学府，再度成为其父母引以为傲的谈资。他们逢人便炫耀女儿多么懂事，有着“头悬梁锥刺股”的学习精神，称霸高中独占鳌头，一直被羡慕却从未被超越，现在被常青藤名校录取了，云云。闻者也总给足了面子，笑称他们为人生赢家。女孩的剧本似乎应该这么写：才女扬帆起航，开启新征程，成为女强人，迷倒高富帅，走向人生巅峰。

结果，全新的文化环境中随之而来的种种不适、压力、孤独、迷茫和恐惧汇聚成一个大熔炉，逐渐将她吞噬，灼烧成灰烬。如今，女孩本科还未念完便已休学回国，整日整夜将自己关在暗无天日的房间里，一日三餐都由父母烧好摆放在房间门口的地上，等没人了她才偷偷打开门把食物拿进去吃。父母心急如焚，百般无奈，在无休止的吵闹和相互指责中循环往复，一家人陷入一片混乱之中。

女孩的父母无论如何也没想到曾经如此优秀的女儿会走到这步田地，此时终于发觉长久以来对女儿的心理状态缺乏关注，追悔莫及。

女孩不是个案。如先前所说，年轻人的心理问题已成经久不衰的话题。除了学业和工作的压力，较差的环境适应能力和人际交往障碍也成为巨大难关。许多在中国式以结果为导向的教育模式中混得顺风顺水、习惯于被称为佼佼者的好学生到了竞争更激烈、价值观更多元的新环境里，猛然发现自己竟然会落后于同学的步伐，也难以融入新的朋友圈，加上原生家庭给予的厚望和施加的压力，逐渐迷失在自我怀疑和否定中。留学生更是如此，语言障碍、社交圈窄、价值观差异、机会不均等的现状，超乎常人的付出等，都是导致他们长期郁郁寡欢的“元凶”。

很多人在成长过程中学会了在白天捕捉阳光，却没能学会在黑夜眺望星星。

曾经读过一句话：“在白天，我们能看到的最远的东西是太阳；但在黑夜里，却可以见到数以万计超过太阳亿万倍距离外的星体。重点就是当人生进入黑夜时，我们能否看到更多的、更远的星星。”身处光明时能看见太阳，捉住光芒，却在坠入黑暗时无所适从，这也是致命的。毕竟，这个世界是由白天和黑夜轮流掌管的。

罗伯特·巴雷尼是一位传奇人物。他是命运的弃儿，却也是1914年诺贝尔生理学或医学奖的获得者。试问，一个人究竟可以倒霉到什么程度？最坏的情况莫过于上帝在勾画他的命运蓝图时喝得烂醉如泥，醒来后却彻底忘记了还有这个人的存在。很不幸，巴雷尼就是那个“躺枪”的。

巴雷尼出生在奥地利的一个普通家庭，在双腿残废之前也是一个快乐无忧的小男孩。他和其他孩子一样，喜欢每日躺在草坪上，沐浴在温暖的阳光中。因病残疾后，巴雷尼的生活坠入了黑暗，每一个寒冷空虚的夜晚，他都在对阳光的怀念中独自舔舐伤口。

后来，他重新振作，一面承受着异常痛苦的康复训练，一面苦读医学，历经数年终于考入维也纳大学医学院，学习生涯一帆风顺，深受众人喜爱。如果这个励志故事到此为止，接下来便是他获得诺贝尔医学奖走向辉煌的剧情，那么这碗鸡汤也太过乏味了。

1914年一战开始时，巴雷尼为了进行脑损伤研究加入了奥地利军队。根据人品守恒定律，他应当安然无恙地待在军队里默默地完成研究项目。然而，命运总爱和他开玩笑。很快他被俄军俘虏并关进了集中营。经过这么多年的努力，他好不容易重新体验到阳光的温暖与欢脱，却又被扔进了暗无天日的地牢，无疑是个巨大的打击。

然而，在又黑又冷、伸手不见五指的狭小空间里，当别人遭遇打击一蹶不振时，巴雷尼开始全心全意地研究耳朵，为他所热爱的医学研究倾注了全部的精力与激情。1915年，他成了全世界唯一一个在监狱里得知自己获得举世瞩目大奖的人。

很多年以后，巴雷尼回想起自己的童年时，始终不忘提及他的母亲。是她教会了他如何在漫漫无期的黑暗中寻找光亮，勇敢前行；也是她，教会了他克服对黑夜的恐惧，在跌宕起伏的旋律中谱写传奇。

对黑夜的恐惧是一种源自本能的缺陷。人们习惯于享受阳光带来的温暖感和安全感，而当黑夜来临时，便将自己隐藏在阴影之中，无力在一片未知中寻找光亮和前方的道路。

黑夜常伴着孤独、迷惘和忐忑。在黑夜里，人们低头只能看到自己短到渺小或长到虚无的影子，唯有仰望夜空才有可能看到星星点点的光亮。

女孩是白昼里的顺风行者，失去了阳光便褪去了生命的色彩；巴雷尼是黑夜中的逆境勇士，寻到了星光于是创造了生命的奇迹。白昼的希冀和黑夜的忧郁总是分不开的。法国作家拉罗什富科曾写下：“从来没有无希望的忧虑，也没有无忧虑的希望。”忧虑也是生活本身的色彩，是夜行者常有的状态。

当感受到对黑夜的不适和恐惧，即逆境时生活和心理的矛盾冲突，大脑会产生所谓的负面情绪来进行自我保护。这时候需要做的不是自我否定和一味对抗，而是尝试真正地接纳它，把它当作生命的一部分。闪光的、暗沉的碎片拼凑在一起，得以成为更加立体的、完整的个体。人生迈入黑夜时，才是最能发现人与人差距的时候。

漫漫黑夜，清冷无助，有人在绝望中陨落了光辉，有人在绝境中发现了星系。

黑夜总会过去的。

丑到别人心坎里

提笔写这篇文章前，一位男性朋友正在微信群里抱怨命运不公。起因是他和舍友同去参加面试，结果人资部门的中年女性一个劲地关照他的舍友，却鲜少正脸瞧他。朋友哀号："凭什么好事都轮到他头上，他不就是颜值高吗？"

我一边默念着手上的考试复习资料，一边拿起手机随手发出去一行字："有多高？"

两分钟后，手机震动，一张照片瞬间炸出潜水的女生们。

"请问你舍友的手机号是多少？"

"输给这般青年才俊，你不亏。不多说了，把他的手机号交出来。"

原本冷清的群瞬间热闹起来，朋友的心理阴影面积在那一瞬间足以覆盖整个地球表面。五分钟后，我们被集体移出群聊。作为“低颜值同胞”的一员，我为了将功赎罪写下这篇文章。在这看脸的时代里，该怎样丑出自己的风采?

时常有人感慨，吾等“无颜者”生不逢时，这个时代行走江湖全凭一张脸。同是由受精卵进化而来，为何差距就那么大?可惜抱怨也改变不了既定事实，只得化愤愤不平为苦思冥想：如果我的长相无法令人赏心悦目，那怎样才能丑到别人心坎里，让人心甘情愿地拜倒在我这平凡的大脸面前呢?

首要任务是摆正自己的心态，不再做无谓的抱怨。发牢骚是无用的。爱美之心，人皆有之，追求美是人的本性。与其说当下的时代只看外表，不如说是尊重人的本性罢了。亚里士多德说：“美是上帝赐予的礼物。”颜值如同智力，是与生俱来的禀赋，天生高颜值的人发挥优势资源参与到社会的竞争中也是理所当然。

低颜值者常说：“长得丑是我的错吗?”同理，高颜值者也在心里嘀咕：“长得好看怪我咯?”因此，学会以平和的心态接受这个世界的准则至关重要。不纠结于天赋的缺失而致力于发挥自己的优势所在，才能更具有竞争力。因颜值而自卑最是要不得，自卑会抹去脸上原本的光芒，失去了属于自己的光芒又怎么美得起来?

演员黄渤是众多人心目中的男神。原本追星是因为对方帅得突破了天际，而人们喜爱黄渤却是因为他丑到了心坎里。为什么这么说呢？想当初，我就为黄渤的自嘲功力所打动。他在各种访谈中多次调侃自己的长相，进退有度，不卑不亢。他在镜头面前笑着说：“我本人不太爱照镜子，因为带不来任何愉悦感。”当记者戏谑地问道：“你觉得自己是帅哥吗？”他幽默对答：“怎么听着像骂人呢？”节目组曾问他作为影帝和林志玲合作时是否感觉两人高度的差距（暗指林演技达不到黄的水平），他用手比画了下两人的身高，随即顽皮地自嘲道：“差距挺大。”

在这些瞬间，我被黄渤阳光又温暖的性格感动得一塌糊涂。

他本人曾说，自嘲是一项必不可少的本领。的确，自嘲是一门艺术，更是一种精神。其貌不扬的人注定无法靠颜值吸引旁人，却可以通过营造快乐舒心的氛围，一步一步、不急不躁地走进他们的心里。

如何让别人感到快乐和舒心呢？很简单，首先得让自己快乐起来。人们总喜欢和乐观的、充满正能量的人相处，因为快乐可以轻而易举地传染给身边的人，如同一束温暖的阳光照在每个人的身上。

我曾问爱人为什么想和我结婚，他说：“因为你每天都傻乐，我觉得你很好玩。”那一刻，我非常想套用黄渤那句经典台词：“怎么听着像骂人呢？”不过，心中依旧喜悦。相比于颜值的优越性，我更愿依靠性格方面的特质吸引旁人，这份吸引不会随岁月流逝而消散，反倒是历久弥新。

想要丑到别人心坎里，除了接纳不完美的心态和乐观幽默的性格，还需要一份真诚与真实，对生命和事业的真诚以及对真实自我的展现。说到这，不得不再次提到黄渤。黄渤为什么能得到那么多人的认可，一举获得金马奖影帝呢？因为他演技好。为什么那么多演员就属他演技好？因为他的每一个动作和眼神都是真挚的，有温度的。

好的角色成就演员，而好的演员塑造角色。黄渤就是后者。他把自己揉进每一部作品中，融进热爱的事业里；他执着地保持着平凡质朴的真实；他勇敢地追寻未曾实现的梦想；他的丑是有故事的，他的丑是让人触动的。他展现出的勇气、执着和真实使他丑到了太多人的心坎里。

丑出风采并被人认可需要一个过程，也需要不轻易放弃的精神和孜孜不倦的努力。

上大学时，社联各部门为春季招新组织了面试，两轮面试后我所在部门的面试官们筛选出两个候选人，却只剩下一个名额。两个学弟在各个方面不相上下，纠结许久有人突然冒出一句："要不就选帅的那个吧？"我满脸黑线："说好的内涵呢！"一个学妹弱弱地问道："学姐你的意思呢？"我想了想，眯着眼笑道："嗯，还是选帅的那个吧。"

就这样，众人敲定了最终名单。没想到，秋季招新时被刷的学弟又一次出现在我面前。他依旧顶着张抽象的脸，表现却令人惊艳。看着他西装革履有备而来，听着他讲述这半年来如何丰富履历和阅历，我开始深深地鄙视自己过去的审美观。这次他成了抢手的香饽饽，隔壁部门的负责人在旁观这场面试后甚至当场挖墙脚。

这个故事说明了什么道理？

不要过度在意外界贴的标签，这世界上唯有自己可以定义自己。世界笑我颜值低，我笑世界没眼光。只要不停下飞奔的脚步，总有一天能遇见伯乐。

这个故事还说明了什么道理？

人的审美观是会改变的，有时是受环境影响，有时是受阅历影响。等瓜子脸的时代过去了，这世界或许就成为大饼脸的天下了。请满怀希望地等待那一天的到来！

北施传

古有西施与东施，西施乃越之奇美女，貌极妍丽，冰肌莹彻；东施乃乡野之丑女，生得鬼斧神工。《庄子·天运》中写道："西施病心而颦其里，其里之丑人见而美之，归亦捧心而颦其里。其里之富人见之，坚闭门而不出；贫人见之，挈妻子而去之走。"

众人皆说，历朝历代，美即正义。美人总易受眷顾，丑人费尽心思也未必能丑到别人心坎里，搞不好还背上个"丑人多作怪"的骂名。其实不尽然。且听听老施家的故事吧。

老施家有二姐妹，名为施南与施北，邻里笑称其为南施、北施。二人虽为双胞胎，却是异卵。姐姐南施身宽体胖，乍一看，抽象的五官拼凑在一块，见者不禁咂嘴叹息："负分。"妹妹北施粉白黛绿，臻首娥眉，乍一看，甚是惊艳，见者不由面红感叹：“女神。”

旁人常道：“老天不公，施家大女儿怎生得这副模样，以后日子咋过哟。”而熟知这对姐妹的人却耻笑旁人乃不明真相的吃瓜群众。“肤浅，”他们笑骂，“施家姐姐可比那妹妹有福多了。”说罢离去，只留旁人一副咋舌模样。

自小，妹妹北施就更得偏爱，因而任性跋扈。南施也不恼，全当她年幼不懂事，也不计较。每逢北施在外吃喝玩乐，南施方得片刻安宁，一本书，一杯茶，便可坐一下午。

公元二〇一〇年，两姐妹芳龄二十有八，却未出嫁，世人称之为“剩女”。施家财大气粗，办起相亲宴，只盼二女寻得良配。宴会上，北施喝酒、划拳，不亦乐乎。南施则在一旁抿酒淡笑，心中暗叹：自家妹妹是越发楚楚动人了。殊不知她的淡然自若已成别人眼中风景。

一位先生移向南施，出言调侃：“春色已满园，杏花为何不露墙头？”南施笑：“杏花欲出墙头，怎奈墙后无人。”先生眼眸如星：“我寻杏花香气而来。”二人畅谈久时，一见如故。

宴毕。

南施觅得知己，剑眉星眸，风度翩翩；

北施寻得情郎，风流倜傥，英俊潇洒。

婚后。

姐姐南施婚姻生活幸福美满，妹妹北施却如坠冰窖。路人皆问何故？

南施幽默风趣，性如暖阳，凡事善于经营，将心比心。某日南施的先生因某事不顺而意兴阑珊，南施便问："你可知太阳花为何日日向阳？"先生摇头。南施答："太阳花朝向阳，夕面阴。夜晚所幸不管不顾，潇洒甩头，再次面向东方，迎接晨曦。"先生笑。北施婚后任性不改，独断专行，随心而欲。丈夫工作失意，她便横眉冷对："废物。"

又一日，南施、北施夫妇一同出游，恰逢大雨。北施埋天怨地，嘟嘟哝哝闹了一路，丈夫劝说许久，只招来冷言冷语，面色怫然。南施宽慰妹妹无果，与先生下车。二人漫步小径，看雨落林间，烟雾缭绕，远处房屋轮廓时隐时现，犹如仙境。

蓦地，南施"呀"一声，低头一看，只见一只小狗，湿漉漉的毛、湿漉漉的眼，随即将其抱起，捋毛安抚。雨不停，先生望着南施，目光柔情似水。

后来北施问大师：为何自己有容有貌，却不及姐姐一半幸福？大师答："二字，情商。南施虽丑，其内在之能量，非常人所及。"北施云里雾里，直道："这有何难？效仿姐姐言行便是。”

大师摇头，叹。

次日，南施、北施登门拜访父辈友人。友人内人年方五十，风韵犹存。南施笑道：“夫人保养得好，看着好生年轻。”夫人笑靥如花。北施立刻接话：“令爱随夫人，乍一看还不及二十，好生年轻。”眼见自家姑娘面色不快，夫人笑道：“我晚来得子，丫头刚满十五。还小。”南施赶忙打圆场：“令爱落落大方，不似一般小姑娘羞答扭捏。”姑娘这才松了眉头，夫人答：“谬赞。”

北施心惶惶，不再言语，眼见南施与夫人你来我往，心下想：有些事，真是仿效不得的。柔和的灯光下，南施谈笑自若，毫不出众的面庞略施粉黛，竟叫人移不开视线。

北施暗叹：大师所言情商，究竟为何物啊？

高情商就是保持谦逊和平常心

很多人说高情商就是好好说话。生活中听有些人说话，如沐春风，风过而无痕，十分舒适；而听有些人说话却如坠冰窖，冰碎而扎心，十分不快。有些人习惯强化自己的想法和感受，过于自我为中心；有些人却能够在清楚表达自我的同时，兼顾他人的情绪和思想。

如今，人们越来越崇尚尊重多元化和差异性，每个人的阅历和立场不同，思维方式和观念也必然有所差异。无论是对待家人、朋友、同事还是陌生人，一味地将个人观点强加于他人只会引发不适。高层次的人往往具备能立足于人世的智慧和立足于人心的情商，他们活得通透。越是明白自己的局限与平凡，也就越能保持谦逊和平常心。

高情商从不靠油嘴滑舌、世故圆滑，而是拥有内涵与修养，是对他人发自内心的关怀和恰到好处的应对。就像黄渤，从不贬低别人而抬高自己，懂得适时摆低自己的位置，谦虚而幽默，令人舒心。在参加《鲁豫有约》节目时，鲁豫问道："你觉得自己火吗？"他答道："那肯定火，我都坐在这和鲁豫聊天了，能不火吗？"

就像李健，在看破别人的难处时，不紧逼不说破，留有余地，让人倍感温暖。在综艺节目《中国好声音》中，学员称自己是活动歌手，现场有导师不明白活动歌手的意思，哈林隐晦地解释："就是大楼开幕时候去……"李健随即接过话："哦，那和我们差不多。"

黄渤说："这个时代不会阻止你自己闪耀，但你也覆盖不了任何人的光辉。"李健说："普通人的生活不应该被称作苟且，就像站在制高点俯视旁人。看似鸡零狗碎的生活也是正常的，不一定每个人都要实现远大理想，能平安过一生是件奢侈幸福的事情。"

有人说黄渤和李健正是胜在会说话。其实，人的说话方式折射出其思维模式。他们长期养成的说话习惯，其背后是设身处地为他人着想，真正地理解和包容人的复杂性和多元性，时刻以温柔和善意对待他人的一种思维习惯。对于他人的不足，看破不点破，始终保持一份尊重；对于自己的成就，不自视过高，始终保持一丝谦和。这是智慧，也是气度。

我读研究生时，很多课程都需要团队合作完成项目。做团队项目存在一个普遍规律，一个兼有能力和情商的负责人会大大提高团队效率和项目完成度。有的团队负责人虽然自身能力很强，但是却不会合理安排发挥每个成员的优势，也无法调动队员们的积极性，有时还会因过度强势与队员发生冲突。

真正优秀的领导者善于发现各人的优势，理解各人的局限，在安排工作时尽量扬长避短，使团队效率最大化。同时，好的领导者懂得尊重和平等地对待每个人，认真倾听他们的想法和建议，有选择地将之纳入自己的考虑和计划中去，增加成果的丰富性和创新性。如此一来，时常能达到事半功倍的效果。

《菜根谭》有言："浓肥辛甘非真味，真味只是淡；神奇卓异非至人，至人只是常。"这"真味"和"至人"的境界，是看尽人生百态，淡泊从容，归于平常。

"创时代的电影人"葛优总因沉稳内敛、通达乐观的性格而备受好评。他对待家人、友人和萍水相逢的影迷总是平易近人、通情达理。他低调洒脱，看淡名利；他注重自我，却不高看自我；他收放自如，懂得进退取舍。他的低调和平常心，是因为他把生活看得透，把自己看得轻。

英国首相丘吉尔以平常心和幽默对待旁人攻击的故事令人津津乐道。二战时期，丘吉尔发表演讲的过程中，有人递上来一张纸条，上面写着“笨蛋”。他不怒反笑，从容不迫地说道：“刚才我收到一封信，可惜写信人没有写内容，只署了个名。”

高情商的人懂得情绪管控，身处高位而不骄，身处劣势而不恼。他们内心强大，无论何时都镇定自若，用最有效的方式解决问题。

新媒体人孔鸡毛

孔鸡毛是我认识的最落魄的新媒体人，破洞牛仔搭配一头卷毛，硬是将朋克风穿出了衣衫褴褛的味道。有人讽刺他道：“想装文人骚客也不必把自己整得这么风骚。”

他回答：“我不是风骚，是穷，这衣服我穿十年了。”说罢，也不顾众人鄙夷的神色，继续啃着即将发霉的面包。同行们说他固执己见，一毛不拔，因此背地里叫他孔鸡毛。

孔鸡毛在一位知名博主的工作室做编辑，屡屡为文章标题的事和老板争执不休。时常是文稿校对排版一切准备就绪，连推广方案都做好了，孔鸡毛却嫌标题太哗众取宠，迟迟不肯点下“发送”。他对老板说：“你只会煽动人情绪，欺骗人感情，完了还要收人打赏钱，渣。”

老板抄起电脑就砸向他，大怒道：“不干就滚。”这画面几乎每周在工作室里循环播放，可老板也不愿真的赶走孔鸡毛，毕竟如他这般有文采的人已经不多见了。孔鸡毛也不想真的丢掉这饭碗，毕竟老家还有个残疾的父亲要养活。

孔鸡毛最终还是被开除了。起因是工作室收高价为一位卷入性侵案件的企业家“洗白”。紧接着一篇断章取义的报道在企业家的推波助澜下在网络上大量转发，舆论一边倒地指责和谩骂受害人。眼见着受害人从最初愤怒地辩解到最后不断地哀求，孔鸡毛终于忍不住了，他挥起笔杆当利剑，在自己的社交账号上曝光了被抹去的细节，撕碎了企业家最后的伪装。老板这次没有骂他，只对他说：“你走吧，我养不起你这尊大佛。”

我最后一次见到孔鸡毛时，他背着一个小破包坐在工作室对面的咖啡厅，面前放着一杯卡布奇诺。

“我要走了。”他突然说。这件事在圈子里传遍了，没人再找他做编辑。他准备带着近几年赚的钱回老家开店，有机会的话再开个自媒体号写写文章。

“自媒体行业有它的规则，你别太刚了。”我斟酌着开口。

“靠营销制造爆点，靠歪曲事实和煽动情绪来吸引流量，这就是你说的规则吗？”他盯着我，“谁操控了信息，谁就可以按照自己的利益和意愿刻意创造出‘事实’，现在的读者不间断地接受碎片化信息的轰炸，他们沉浸在感性的放逐与情绪洪流之中，不再质疑信息的真实性，不再独立地思考。他们只接受对自己有利的信息，持相同想法的人形成部落，随意地排斥和打压想法不同的人。”

孔鸡毛的话让我想起亲身经历的一件事。某次新闻报道一名外卖小哥因暴雨天送餐迟到遭到顾客痛骂，我当下十分同情他的遭遇，发表长篇大论表达自己的看法。由于表述中充斥着对弱者的关怀和同情，以及对高高在上的欺凌者的怒斥和鄙夷（现在看来那些语言也具有很强的煽动性），我的评论获得了许多点赞和回复。在众多回复中，我却听到了一个不同的声音。

有人回复道：“不管高低贵贱，每人都该为自己的选择负责。既然选择送外卖这份工作，就应该做好遭遇这类事的准备，没必要怨天尤人。”就因为这一句话，他遭遇了众人无情的唾骂，骂他冷漠、自私，没有人性，没有父母，不配活着……戾气越来越重，就差集体挖他祖坟了。我非常震惊，删除了博文并找到这位网友向他表达了歉意。

谈话中，他告诉我，他本无意反对我的观点，其实他也做着底层的工作养家糊口。他曾被上司痛骂，带病雨中工作，但每当家人担心他时，他总会快速调整好情绪，笑着告诉孩子无论何时都要努力做好自己的工作，告诉妻子这个月发了工资就可以给孩子买双新鞋。他说："你不能要求所有人都对你充满善意，其实有时候认清现实然后坚强起来比自怨自艾更有效果。"

只是因为观点不同，众人对着一个并不受生活眷顾却依旧努力生活的人群起而攻之，仿佛他活着都是一种错误。这种现象实在叫人难受。《乌合之众》里写道："群体在智力上低于孤立的个人。人一到群体中，为了获得认同，愿意抛弃理性，用智力去换取那份让人倍感安全的归属感。"人们在互联网上很容易找到"志同道合"的朋友，也很容易被群体情绪感染，为了追寻存在感和认同感而随波逐流，这成为新媒体煽动公共情绪的机会窗口。

孔鸡毛说："如果作者在创作时首要考虑的是流量和利益而不是记录思想的轨道，就无法发出真实的声音，取而代之的是经过变声器改变了音调的一些群体想听到的声音。这些声音或夹杂着一丝大义凛然，站在道德的制高点讽刺批判自己的同类；或夹杂着一丝矫揉造作，挑逗了情绪局限了思维；或谨遵生存之道，捧之自欺欺人，骂之众怒难犯，到最后只能酌酒一杯，空谈情怀；更有甚者，躲在帷幕后自导自演一盘棋局，下完白子下黑子，看得观众眼花缭乱。当今社会节奏太快，市场在撕裂，西方政治经济学提出过‘向心型’和‘离心型’两个概念，前者为中立立场，后者为极化立场。显然极化立场能够吸引更多的关注，收获更大的利益。结果，被‘离心型极化文化’操控了情绪而失去批判性思维的观众成为新媒体舆论和快餐文化奴役的对象。”

“的确如此。”我附和道。个体的言行反映其背后的需求，经历和环境的差异性导致了选择的差异性。新媒体的浪潮造就了一批急于主持正义的“审判者”，异己者皆被定为罪人。其实人们站在不同的立场上就会做出不同的选择，正义会因立场的不同而改变形式。

几年前，我曾听说多动症孩子遭遇众多家长联名劝退的新闻。当时这则新闻也是激起千层浪，意见两极分化很大，两派争论不休，很快上升到人身攻击。当年的我满腔热血地为多动症孩子讨公道：这样的孩子就没有权利享受同等教育吗？为何涉事的家长们都这么自私？后来，我也做了母亲，也开始在“熊”孩子友好却莽撞地冲向我的孩子时本能地抱她避开，也开始理解那自私背后的一抹无奈。

也许，那些父母和老师也不愿去伤害一个孩子，可是当涉及自己孩子和大多数孩子的利益时，他们还是做出了最自私的选择。幸运的是，所有的父母在最后一刻达成共识，多动症孩子由父母陪读，同时接受相关治疗。从开始的各执己见到最后的求同存异，这个结局也令人欣慰。

时常听到有人抱怨："这个社会怎么了？这还是人间吗？"

人间本就如此，五味俱全。有人错了却盼望着修正；有人胆怯却坚守着正义；有人沉默却满怀着善意。只是很多人还不明白。

孔鸡毛临走前说的最后一句话是："来大城市这么多年了，还是没喝明白这卡布奇诺的味儿。"

02 拥有爱的人会发光

父母总是想着教会孩子很多的技能，这样才能给予他们更好的生活。其实，很多活得快乐和精彩的人有一个共性：心中有爱且懂得如何去爱。

学会爱自己，接纳坏情绪和不完美，不轻易否定自我，自信而不自傲，才能释放心中的白天鹅；学会爱身边的人，多一份关怀、尊重和同理心，才能最大限度地从亲情、爱情、友情中获得幸福感；学会爱这个世界，多一些理解、善意和敬畏心，才能从容地面对生活的阴晴圆缺，在这不完美的世界里真正地成长，强大起来。

拥有爱的人会由内而外地绽放光芒；懂得爱的人会将这份光芒带给身边的每一个人。

释放心中的白天鹅

时隔四年，我再次见到米果。面前的女孩明眸皓齿，浅笑盈盈，曾经的齐耳短发不见了踪影，乌黑的长发随意地披在两肩。她白皙的手指上戴着一枚小小的戒指，在咖啡厅微暗的光线下泛着柔和的光。

“恭喜你订婚，米大设计师。”我笑着说。

四年前，米果与交往三年半的男友分手。当她无意中看到男友手机屏幕上另一个女孩发来的信息时，才意识到那两人早已“暗修栈道、明度陈仓”了。在一起时，男友就经常说她能力一般，相貌平平，毫无品位可言，久而久之，在长期的负面心理暗示下，她当真认为自己一无是处，除了男友外没有人会喜欢她。甚至到分手的那一刻，男友依旧大言不惭地对身边朋友说：“她对我而言早就没有吸引力了。”

他不知道她为了迎合大男子主义的他而放弃了多少唾手可得的机会，他不知道她不想让家境一般的他花太多钱因而每次都选择最实惠的餐馆，他不知道她为这段关系倾注了多少心血，多到她把曾经美好、耀眼的自己都给遗忘了。

分手之后，米果消沉了许久，眉目间再无光芒。某一天，她看到珍藏在底层抽屉的画稿，又抬头看了看镜子中自己邋遢的模样，终于幡然醒悟。

米果只身一人去了法国，攻读她所热爱的设计专业。她每天穿梭于教室和图书馆，闲暇时光读书、画图，参与社交，认真地打扮自己。她如愿以偿成了服装设计师，在广阔的平台上施展着才华。她自信又淡然，一颦一笑风情万种。

一年前，她与一位法国华侨坠入爱河。那是一个温暖幽默的男人，博学又谦和，她称他为灵魂伴侣。他最常说的一句话便是“你画画的样子美极了”。每当他这么说，米果便抬起头冲他笑，他的眼里倒映出她的模样，笑容自信大方，眼眸里闪烁着星光。她喜欢这样的自己。

米果说，她曾经无数次幻想着未来某一天光鲜亮丽地出现在那人面前，轻笑着看他诧异和后悔的样子，恶作剧般地在他眉眼中寻找难堪的痕迹。然而时过境迁，她越走越远，越走越高。当她终于变成了自己喜欢的模样，那般小心思早已随风而逝。

那一刻她便明白，这么多年步履不停地前行，努力成为更优秀的人，不是为了让人看见站在高处的自己，而是为了看见更广阔的世界，遇见更值得自己携手一生的人。

米果一番话让我想起中学时代的往事。中学时期的我正处于颜值绝对值的巅峰时期，换句话说，丑出了新高度。各式各样的“荣誉称号”总是如影随形：负分羊、钢牙妹，等等。我也曾荣幸入围“全班最丑女生”四强评选。身边好看的女孩们浸泡在温柔的阳光里，在众人的簇拥下开怀大笑，而我沉默地坐在不起眼的角落，自卑到了极点。那时候，脑海中最常出现的想法便是“假如我是某某某就好了”。

我是长辈眼中的乖乖女，不化妆不打扮，做事一板一眼，很是无趣。我不喜欢那种状态，想要变得好看，想要得到别人的认可。我尝试过模仿班花的打扮，也尝试过改变发型，画画淡妆，可是脸上却始终没有光芒。

后来，我渐渐意识到“好看”的样子是模仿不来的，是要慢慢培养出来的，培养自己的风格、强大的气场、快乐的心态，以及爱的能力。

正如前言中所说，我的转折点发生在大学时代。我开始认真地思考生活，投入地做喜欢的事情，细心地照料自己。我依旧不上镜，却不再像曾经那样遮住半边脸照相；我变得更加自信和从容，努力地为自己争取更多的机会；我学会了眼含笑意地面对不理想的结果，接纳不完美的自己。

这些年，我遇到了许多志同道合的朋友，在他们的影响下越发得乐观和坚定；我组建了温暖的家庭，当丈夫托着腮帮子说我好看时，我拿出曾经的照片给他看，随后两人一起笑场；我有了自己的孩子，也许有一天我会把自己的故事讲给她们听并告诉她们：喜欢自己的人是会发光的。

一位挚友曾在她的文章中写道：“‘变好看’重要的不是你的外形改变了多少，而是在你为自己努力的过程里，喜欢上了自己。喜欢自己的成果，更喜欢自己的努力；喜欢现在的自己，也期待未来的进步。你不再想要把自己放进‘好看’的模子里，而是意识到自我，喜欢上真实的那个你。这种喜欢从你心底里缓缓伸展出来，像一簇簇慢慢开了的花一样，蔓延到你的眉眼里，蔓延到你的唇齿间，蔓延到你的步态里。于是某一个瞬间，你会发现周围的所有人都说你变好看了。”

喜欢自己的人会由内而外地绽放光芒。生活中常有这么一群人，他们相貌平平，风格迥异，放在人群中显得过于普通，没什么亮点。可是，他们懂得接纳自己的不完美，满怀热情和善意地生活着、奋斗着。那一刻，他们格外地好看和迷人。

当一个人变得足够美好时，再蓦然回忆起曾经的伤痛与挫败，付之一笑之余还会感激不曾放弃的自己。那些不够愉快的经历促使着勇敢的人们接受现实、改变未来。他们一点点爬高，眺望远方的山峰，凝视大海的尽头，笑看飞鸟的远去，沐浴残阳的余晖，步步前行，承受着更大的挑战，面临着更多的机遇，渴望着更好的自己。

一路风雨，一路花香。

我很坚强，所以你别逞强

小楚接到母亲打来的越洋电话时，她正和我们一群“酒肉朋友”凑在一起喝小酒，吃烤肉，热火朝天地讲着冷段子。桌上还摆放着刚煮好的大锅面，热气腾腾的，狭小的屋子里弥漫着老干妈的味道。我们很久没有这样围成一圈吃饭聊天了，忙碌到极点的生活让人觉得连喘口气都在浪费时间。

突然手机铃响起，小楚懒洋洋地接起电话。电话那头急促的声音响起，她的脸色瞬间煞白。

断断续续的声音从听筒中传来。“那天下雨，车轮打滑，你爸摔下来的时候头正好磕在墩子上……对……已经做完了手术，今天早上刚醒，你那边要是忙完了就回来一趟吧……”

小楚挂了电话，一言不发地打开电脑，买了半夜回国的机票，双手直哆嗦。我们鲜少见到乐观欢脱的小楚这般状态，互相交换了眼色，没有人再动筷子，全部静悄悄地陪在她的身旁。

过了好一会儿，面都糊成了一团，她沙哑的声音才响起："我妈有没有想过，假如我爸没有醒过来，我该怎么办？我小时候哪怕只是感冒发烧，我爸都心疼得要命。那会儿我妈工作太忙，他就请了假在家白天黑夜地照顾我……"

她絮絮叨叨，回过头时已泪流满面。

小楚高中毕业就离开了家，独自到异国他乡求学，一年回家一趟，这两年为了工作一次都没有回去。小楚爸爸被推进抢救室的一瞬间，想到的是一定不能让女儿知道这事，怕耽误了她的事业。这种出于本能的隐瞒让小楚的心里五味杂陈。

不少离家打拼的朋友有过类似的经历，父母有什么事都自己扛着，从不叨扰子女的生活。这份爱坚毅无言，却使许多子女成为"坏消息"最后一位知情者。最后一刻匆匆赶到的他们心碎不已，面对这样的隐瞒心情极其复杂。隐瞒的本质是出于爱。然而，这善意的谎言却令一些人悔恨终生。最后在深深的无力中，把一切情绪转化为愧疚、自责，成了一辈子的伤口。

曾经有个熟识的学长，毕业后一直在国外打拼，赚钱养老婆孩子，开夜车成了家常便饭。偶尔过年过节回家，陪伴家人的时光也极其有限。他的父亲总是乐呵呵的，拿着把扇子坐在院子里啃西瓜，视频通话时总和他炫耀自己老当益壮。父亲是突发性脑出血走的，那会儿学长正被公司的项目搞得焦头烂额，急火攻心。当他收到母亲的电话时，父亲已经闭上了眼睛。他颤抖地点开微信，对话框里有条未读消息，是父亲的语音。

“儿子，别老跟那工作了，到时候身体熬坏了，不合算。”

他赶到葬礼现场的时候，母亲抱着他哭，说：“老头子前阵子就老犯头晕，本来以为休息休息就好了，谁知道……”他回想起前段时间和父亲短暂的通话，电话那头的父亲反复说自己身体好得很，还打算坐飞机过来看孙子。学长本想等忙完这个项目，好好地跟父亲唠唠嗑，告诉他自己又要升职了，儿子打篮球比赛又赢了，妻子又给老人家买了好多营养品，过阵子就一起回家看看。

可惜太迟了。

他半跪在灵床前，拉着父亲已没了余温的手，一遍遍地念道：“爸，对不起。”

夜里他梦见自己提早请了假，带着老婆孩子回了家，父亲还同往常那般，坐在院子里乐呵呵地啃着西瓜。他揉着儿子毛茸茸的头发，笑着对父亲说：“你看，你孙子都这么高了。”

梦惊醒，他在黑夜里无声地流泪。

学长说，在那之后的很长一段时间里他都在悔恨中度日如年，难以释怀。不升职加薪算什么？连夜赶路算什么？如果能够重来，他只想飞奔到父亲身边，如同儿时那般奔向父亲，同他像兄弟般击掌。

主持人谢楠在节目《熟悉的味道》中采访了数位年轻人和他们的父母。当被问及倘若患病是否会向子女隐瞒病情时，几乎每位父母都不假思索地回答：“会。”而子女们则在采访中表示，如果父母真的这么做，自己会感到自责、难过和愤怒，而非感动。吴尊在这则节目里提到，由于父亲刻意的隐瞒，他未能陪伴母亲度过最后的时光，十九年来心结难解。

美国电影《别告诉她》中讲述了这样一个故事：一个美籍华人家庭的奶奶罹患癌症，全家人一致决定隐瞒奶奶，并且以小辈婚礼的名义请所有家人欢聚一堂，送奶奶最后一程。有趣的是，最初该片的华裔女导演王子逸找到国内的制片人，告诉他这样的戏剧冲突定能拍出一部精彩的电影。彼时，制片人感到非常惊讶：“这有什么戏剧性？人人都会这么做。”

美国亚裔社会学家、作家袁南希也曾分享了一段个人经历。当她的母亲被诊断出癌症时，除了她之外所有家人都知道了。她和母亲同出同进，经常一起去餐厅吃饭，而母亲从来没有提起过“癌”这个字眼。

我的一位朋友也有过类似的经历。去年，她的母亲去体检，结果检查数据出错了，显示母亲患了癌症。从数据出错导致母亲认定自己患病，到复诊结果显示身体无碍，足足一周。一周的时间里，母亲照常和她视频聊天，有说有笑，她丝毫没有察觉。后来，父亲告诉她，母亲在家不止一次地说：“要是我真有什么事，别告诉她，先治疗再说。到时候那马大哈一头热跑回来了，学校那边怎么办？”

朋友说：“我妈是这世界上演技最好的演员，马特·达蒙都不是她的对手。”说罢抹了抹眼角，又接着说：“我不知道我妈该有多逞强，才能在我面前装作若无其事。”

其实，人就两只手，这辈子能托得住多少东西呢？对于子女而言，很多事情都可以撇下不管，只希望在父母最需要自己的时刻快马加鞭地赶到他们身边。在亲情这事上，别和孩子“讨价还价”。父母“无言”是出于爱，孩子盼着父母“有言”，也是出于爱。

孩子，请告诉父母：“我很坚强，所以你别逞强。”

藏在时光机里的老朋友

初夏是离别的季节，我收到好友的邀请一同前去参加她妹妹的高中毕业典礼。十八岁的少女穿着毕业服，与朋友们在草坪上相互拥抱，肆意欢笑，暖暖的阳光在他们年轻的脸庞上轻轻地跳跃。

“真好。希望她们可以永远记得彼此和此刻的快乐。”好友凝视着妹妹的笑颜，突然开口，“我工作这么多年，很少有时间和曾经的朋友们联系，有时候加班到深夜突然想起以前那段时光，那些傻事，还是会忍不住笑出声。”

“的确。”我笑着说，“人总会经历一些分离，即便是分离的结局，能认识那群可爱的人们也是件何其幸运的事情啊。”

闲聊一会儿后，好友被妹妹叫去合影。我盘腿坐在草坪上眯着眼，乘着时光机穿梭在回忆里，旧时光像琥珀一样凝结在一起，老朋友们在那晶莹的琥珀后咧着嘴向我招手。

年少的我们曾歃“雪”为盟，在初冬的大雪中把手指插在雪地里，发誓要当一辈子的损友，随后飞快地把手里的雪揉成雪球塞到对方的衣服里；我们曾把不为人知的小秘密写在纸上，装进瓶里，埋在一棵大树下面，后来那一片的树都被砍了，也就没人再记得那瓶子的具体位置了；我们曾信誓旦旦地许诺以后要结娃娃亲，这样铁定不会出现婆媳矛盾，那年我们只有八岁；我们曾在小区的假山洞里倾情演绎《特务风云》《仙侠奇缘》，并且约定二十年后再一起回到这个秘密剧场……

最终，在分岔路口我们还是分道扬镳了。没有人永远停留在原地，地球是圆的，路却是直的。一不小心，我们就消失在了彼此的生活里。分开的第一年，我们难舍难分，时不时地互戳对方，聊聊八卦和日常；分开的第五年，我们都融入了全新的生活，互相问候的方式就是给对方发的朋友圈点赞；分开的第N年，我们的互动变成了节日群发，过了许久才惊觉彼此已太久没有联系，点开对方的头像，想了许久竟不知道该说些什么，只在微信对话框里打下一行字：“最近过得好吗？”

即使如此，老朋友们也未曾消失，他们只是藏在了时光机里。我仍记得曾经的每一分快乐与每一个惊喜，仍记得一起牵手走过的童年与青春，仍记得那些感动的瞬间与成长的感悟。休谟说，友谊是人生最大的快乐。友情带给我们的幸福感不亚于爱情。

幼儿园时，我和一个小男孩大打出手，结果不打不相识，打完架后我们却成了朋友。完整的故事是这样的：我去池塘边捞金鱼，正好碰见男孩也蹲在那里捞。我们本着“两个和尚抬水喝”的精神，合作捞上来十来条金鱼，却在瓜分战利品的时候起了争执。小孩动手不动口，我们很快扭打成一团。我一不留神掉进了池塘里，浑身都湿透了，瑟瑟发抖地走回家，紧接着发了三四天的烧。我病刚痊愈，他便登门“负金请罪”。我至今仍记得他耷拉着毛茸茸的脑袋站在门口，怀里抱着鱼缸，十几条金鱼在里面欢快地游动。他朝我努了努嘴，说道：“送给你，对不起啊。”

小孩子最是知足，我下一秒便原谅了他。那是我人生中第一次懂得原谅的意义。那一刻，我得到了许多条金鱼，还收获了一个朋友，快乐充盈着整个胸腔。说来也奇怪，有时候人越长大心眼反而越小，而那份友情让我永远记住了原谅他人的瞬间内心愉悦和满足的感觉。

小学时，邻居家有个很爱笑的女孩，比我大几岁。她会拉着我玩跳房子，还会教我模仿哈利·波特。我一直很羡慕她，因为她长得漂亮性格又好，总是那么受欢迎。

直到有一天，母亲带着她们母女俩回到家，告诉我她们要在家里住上一阵子，我这才知道她父亲常年家暴妻子和女儿。晚上洗澡时，我看着身上青一块紫一块的她，忍不住抱着她哭了起来，她却反过来轻拍我的后背安慰着我。她说，等她以后有了孩子一定会很温柔地对待他，不会让他觉得家是一口枯井。

后来，她的父母离婚了；再后来，她跟随母亲去了北京；再再后来，我们就断了联系。不久之前，我终于加了她的微信。她快要结婚了，未婚夫是个很温和的男人，举止间尽是对她的爱与呵护。我的眼睛湿湿的，心底默默地祝福：愿你们的孩子也那么爱笑。

中学时，我结识了一位很神奇的女孩。人人都说她笨，她看上去确实呆头呆脑的，任何时候反应都要慢半拍。可是她真的很努力。我从没见过比她活得更认真的女孩。她学东西很慢，总能见她在认真地读书；她做事从不偷懒，大扫除时别人在浑水摸鱼她却在认真地干活；她没什么花花肠子，总是很认真地交朋友；她就连开玩笑都是一脸认真的模样。我很喜欢这个朋友，因为她，我也学会了很认真地做每一件事。

后来她出国读高中，我们的联系便少了许多。很多年以后，我无意中发现一位刚认识的朋友和她竟是大学同学。朋友说："哎，她啊，笨笨的，但是很努力。"我笑了。这么多年过去了，她还是一点都没变。

藏在时光机里的老朋友，你过得好吗？愿你与我在彼此看不到的岁月里，熠熠生辉。

围城中人谈婚姻

这几年，“英年早婚”的我时常被来自四海八荒的“恐婚族”追问：为什么要结婚？怎样才能下定决心结婚？婚姻生活是什么样的？万一后悔了怎么办？……

曾经人们说，婚姻是座围城，里面的人想出来，外面的人想进去；而现如今，里面的人出来得越来越多，外面的人也越来越不愿进去，还有一群即将进城的年轻人在城门口犹豫徘徊，心怀恐惧。

2019年两部风靡全球的电影——《82年生的金智英》和《婚姻故事（Marriage Story）》再次探讨了婚姻中的两性关系和价值冲突，撕开婚姻那层浪漫美丽的面纱，将矛盾和问题毫无保留地展现了出来，也揭露了“恐婚族”对婚姻生活最深的恐惧：生活轨道改变、失去自我、琐碎的生活、不断的争执……担心曾经明媚自信的自己最后磨平了棱角，失去了梦想，失去了自我；担心曾经花几秒钟便相爱的伴侣，最后甚至巴不得对方从地球上消失。

那么，为什么要结婚，婚姻应该是什么样子的呢？

首先，婚姻的前提一定是爱情。结婚不是为了迎合所谓的“社会标准”而必须要走的人生流程，而是个人选择，在此过程中得以实现爱情愿景。当今社会，到了一定的年龄被催婚已然成了常态。不少年轻人反映，眼见着身边的朋友一个接一个步入婚姻殿堂，不结婚的自己仿佛成了别人眼中的“另类”。

曾经有个朋友向我诉苦，她的父母一直催她和相亲对象结婚。她对父母说：“我不了解他，也不喜欢他，怎么一起生活呢？”父母却恨铁不成钢地反驳：“你都这么大年纪了，能遇到个各方面条件都不错的人不容易，什么喜欢不喜欢的，感情以后慢慢培养，理性点。”

这话是否听着耳熟？堪称现代催婚模板。婚姻是种制度，而爱是种本能，若婚姻无爱，空有理性，该有多么可怖。两个人可以过得幸福，一个人也可以过得精彩，幸福意义的外化表现形式在于过程，而非结果。选择不结婚和选择结婚一样需要勇气。

婚姻带给个体的应是正能量，这段关系中的两个人需要源源不断地从外界和彼此身上汲取能量，而不是一直在消耗。在寻找伴侣之前，需要想清楚自己喜爱和需要什么样的人生伴侣。伴侣之间能够欣赏彼此的特质，理解彼此的差异，包容彼此的不足，才能考虑走进婚姻。

又有人问，如果走进婚姻之后才发现和自己曾经设想的不一样，感受到束缚和后悔怎么办？这个问题我曾在《在自己的时区稳步前行》一文中回答过：长期来看，自我价值的实现和婚姻并不冲突。很多人（尤其是女性）对婚姻的顾虑在于家庭的羁绊会令自己放弃事业、失去自我，从而难以实现自我价值。

我经常听到现实生活中或电视节目里有女性朋友哭诉自己为家庭和孩子牺牲了太多，抱怨身边无人理解自己的处境，甚至孩子也不理解自己的苦心。同是身为人母，我为这些女性感到心疼和惋惜。

的确，从操持家庭到生养孩子这期间的付出和牺牲是很多人体会不到的。当我因为孩子而迫不得已放弃研究生院的助教工作、学生会的竞选名额和近在眼前的实习机会时，我也曾质疑自己的选择，脑中也曾闪过“假如没成家这些机会可能就是我的了”这类贪心十足的想法。

然而，当沮丧和冲动的情绪散去之后，我仔细回顾生活的点点滴滴，很快意识到假如没有这段婚姻，就不会有人如此坚定地支持我追逐自己的理想，促使我积极地、努力地成长；假如没有两个孩子，我就不会有边在家带孩子边思考和记录生活的这段时光。正是这个阶段的生活让我认识到一点：从自我和长远的角度来看，这些经历于我个人而言不是负担，而是馈赠。我是怎样的人，拥有怎样思考和处理问题的心态和方式，就终究会过上怎样的生活。

所以，对女性朋友而言，婚后也定要保持曾经的那份乐观和信念，不要因为过度牺牲而失去自我，也不要因为暂时的负面情绪而否定其中的美好。当然，婚姻里双方互相付出、共担责任也是至关重要的。一个有责任感、尊重和关爱家人的男性能够成就更为稳定的家庭关系，给妻子和孩子带来加倍的幸福感和安全感。

长期稳定的婚姻关系不仅需要爱情基础和积极的心态，还需要依靠理解和沟通化解婚姻生活中的矛盾。矛盾的根本原因是原生家庭以及成长环境和经历的差异造成的思维方式和观念不同。当双方试图去理解对方所作所为背后的原因时，或许就不会那么情绪化地看待事情本身了。

在婚姻中，理解是比包容更为深刻的相处方式，包容多少带有一方站在高点的意味：“你错了，但我包容你。”而理解则是：“我不赞同你的做法，但我知道你为什么这么做，或许我们可以找到一个折中的方式来解决问题。”夫妻双方的互相关怀尤为重要，了解彼此内心所想，及时沟通，对症下药才能最快地化解矛盾。

也有人说，迟迟不想结婚是担心婚后的生活只剩琐碎，再无浪漫可言。曾火爆一时的日剧《我的危险妻子》中有一幕非常有趣：邻居家老太婆有希绑架了女主角真理亚，紧急时刻她的丈夫赶到。有希让真理亚当着丈夫的面说句临终遗言，要能催泪的那种。本以为真理亚要说出什么海誓山盟的情话了，结果她对丈夫说：“我一直想对你说一句话，鞋子脱掉后顺手放进鞋柜好吗？”

婚姻不是童话，它是现实。王子和公主婚后也会过上柴米油盐酱醋茶的生活。可就是在这琐碎之中，也不乏浪漫的瞬间呀。我也曾认为浪漫是鲜花钻戒红酒蜡烛、情话满满小脸红红，结婚后却越发觉得，浪漫不过是种心境，轰轰烈烈可以浪漫，平平淡淡也可以浪漫。

晚上两个孩子先后睡着，我和丈夫卧在沙发里把一个橙子啃得歪七扭八，畅想着孩子们长大后的生活，这是种浪漫；带孩子一天下来腰酸悲痛，趴在床上看电影的同时享受着丈夫极不专业的按摩服务，这是种浪漫；精神高度紧张一天后，终于彻底放松，身边有个人可以聊聊知心话，爱人如挚友，这也是种浪漫。

什么是婚姻？

我曾看到这样一个答案：婚姻是我交给爱情的投名状，在冲动和荷尔蒙消退后，我仍然愿意和你一起面对现实，期待未来。

如何做围城中的幸福者

大学一年级的时候，我参加过一次演讲比赛，命题为婚姻。在台上慷慨激昂地说了一番后，我在结尾时强调：结婚其实是件很有趣的事情，是很酷的人生体验。说罢，台下自称为“过来人”的评委们向我投来怜悯的神情，看我的眼神宛如在凝视一个天真的、坚信圣诞老人存在的孩童。

很多人说，感情是会过期的。昔日的神仙眷侣婚后渐行渐远，王子和公主婚后开始上演家庭伦理剧。王家卫在《重庆森林》中说：“不知道从什么时候开始，在什么东西上面都有个日期，秋刀鱼会过期，肉罐头会过期，连保鲜纸都会过期，我开始怀疑，在这个世界上，还有什么东西是不会过期的。”

陷入热恋中的爱侣仿佛置身于一个永远没有保质

期的彩色泡泡里，他们坚信此刻的爱情与幸福会成为永恒；而后，他们订婚、结婚，在柴米油盐、糟粕繁杂中绚丽的泡泡破灭了，只剩下一地水渍，倒映着两人疲惫的脸。

于是，如前篇所说，许多人开始畏惧婚姻，认定婚姻是爱情的坟墓，是束缚自我的围城。爱情与婚姻的确有所不同，不同之处在于，爱情可以全凭冲动与热情，而婚姻却需要长期的磨合与经营。

好的婚姻以相互欣赏和保持自我为基石。

我一直欣赏钱钟书和杨绛的婚姻。即使被圈在婚姻这个很多人眼中“物欲横流”“不见天日”的围城中，他们仍能活得干净、明快、轻松、潇洒，始终保持着一种任性的纯真和难得的幽默感。他们的关系里总糅杂了那么一丝纯粹和惊喜。杨绛眼中的钱钟书眉宇间蔚然深秀，谈吐幽默大方，才华横溢而不自视清高，初见他时，幽香袭人的古月堂前，他一身青布大褂，目光灼灼，浑身充斥着儒雅气息。只一眼，她便知，这是她倾心的人。钱钟书眼中的杨绛，“颉眼容光忆见初，蔷薇新瓣浸醍醐”，比平常女子多一分大气和自如。只一眼，他便知，这是他想要的人。此后一生，他们对彼此的这份欣赏从未随时间消散，实属不易。

如何能让这种欣赏感不随时间消散呢？答案是：保

持本我且志同道合。

好的爱情不该以爱情为信仰，而需有比爱情更高的信仰。在这段关系中，双方得以通过彼此看到更大的世界。好的婚姻不仅需要从彼此身上获取力量，更要源源不断地从这个广博的世界获取能量。如果杨绛婚后成了一个碎碎叨叨、成天疑神疑鬼的家庭主妇，而钱钟书成了一个狂妄自大、无暇顾忌家人的上班族，如果他们都失去了最本真的模样，那么这份婚姻也不会如此动人。他们二人原本各有人生的追求，而这段婚姻最动人之处在于他们互相成就了彼此，从此过上自己所期盼的、热爱的人生。钱钟书说过，如果没有杨绛的激励和陪伴，《围城》这部作品绝不会问世。

我认为婚姻里最动听的一句话是："这世上最坏的事情不过是一个从头再来。然而事情只有一件，我们却有两个人。"

婚姻的和谐和长久需要用心经营。道理人人都懂，但现实生活中仍有人在实战中以失败告终。婚姻是柴米油盐酱醋茶，只不过精心烹煮过的柴米油盐和细心搭配过的酱醋茶总会别有一番风味。经营婚姻这碗佳肴的四大汤匙是：懂得、尊重、换位、给予。

首先是懂得。

懂得伴侣是试图了解和知晓对方行为和选择背后的

原因，或是成长环境因素，或是性格因素，进而与之进行有效沟通。

举一个很简单的例子，妻子某天大发雷霆，因为丈夫在他们的结婚一周年纪念日丝毫没有表示。妻子指责丈夫婚后就开始忽视她，而丈夫则认为妻子无理取闹。两人大吵一架，好好的纪念日变成了硝烟弥漫的战场。其实妻子不知道，丈夫的父亲是个军人，也是个沉默寡言的男人，极少向家人表达自己的感情。因此受原生家庭的影响，他并不明白结婚纪念日向妻子表达爱意对于妻子有何意义，他甚至不知道该如何表达自己的想法和情感。争吵的原因在于妻子没有试图去了解丈夫此举背后的原因，单方面地认定丈夫不在乎她不爱她。反之，丈夫也不懂得妻子“胡搅蛮缠”背后的内心诉求。倘若妻子温和地引导丈夫做出改变，倘若丈夫尝试理解妻子对仪式感的重视，这场争吵完全可以避免。

日常生活中，不乏这种所谓“民间纠纷”上升到“阶级矛盾”的情况。你我的伴侣都是普通人，都符合发展心理学的基本规律。若是仔细去了解对方的成长环境、经历和心路历程，就不难发觉表象行为背后更深层次的原因。很多时候，当知晓原因后，那份愤怒和埋怨或许会消散，化作心疼和理解。此时再心平气和地将自己的想法与对方沟通，循循善诱地引导对方走进自己的思维，效果甚好。遇到矛盾为何一定需要靠争吵去解决呢？正如当今世界法则，能够和平谈判就一定拒绝战争。

其次是尊重。

什么是尊重呢？尊重体现在差异性出现的时候。

举一个通俗易懂的例子，妻子想给路边卖唱的小女孩500块钱，因为这女孩让她回忆起小时候过的苦日子，而丈夫却无法感同身受，认为没有必要给这么多。随后这位丈夫细想，妻子的做法不会对旁人造成任何损害，也没有触及自己的原则，相反，妻子能够如此具备同情心，对素不相识的人满怀善意，是十分值得赞赏的。最后，他毅然选择尊重妻子的想法和做法。

人与人之间总会存在差异，遇见想法不一致的情况在所难免。问题是差异性出现时该用什么心态去面对。在没有触及原则性问题的情况下，学会尊重对方的选择至关重要。即使提出异议，也首先表达对另一半的尊重和肯定，这样才能促成一场愉快且有效的谈话。

再者是换位。

古人云，责人之心责己，恕己之心恕人。学会设身处地把自己代入伴侣的角色也可以化解诸多矛盾。很多人在作为旁观者置身事外的时候是客观、理性且明智的，可真正落到自己身上时难免冲动。对待伴侣少一些冲动的指责，遇事不要一味地宣泄不满，不要因一时的负面情绪伤害与自己朝夕相处的人。明明有一百种解决问题的方式，为何要选择最极端的一种呢？站在对方的角度想一想，等冷静下来再处理问题。

最后是给予。

每个人都渴望得到理解、尊重和爱护，那么也应该将心比心地给予他人爱与关怀。聪明的人懂得先付出，被动地爱不如主动地爱。先付出后收割也是有好处的，毕竟“通货膨胀”嘛。有些父母会教育孩子在感情里永远不要比对方付出得多，我很庆幸自己的父母没有这样说。他们教会我如何主动地爱人，以及如何爱对的人。一味地索取和一味地付出同样不可取，婚姻中只有对等的关系才不容易失衡。

好的婚姻应是积极且有趣的，它是让人得以保持初心的一段关系，亦是促使双方越变越好、越活越酷的一种催化剂。

愿你我都能成为围城里的幸福者。

大米粒与小米粒

那年。

大米粒：“你听姐姐的，快点跑，跑得越远越好。”

小米粒：“我回来了。姐姐，以后我来守护你。”

现在。

大米粒：“我不想拖累你。”

小米粒：“那你就努力好起来，在那之前你别想甩开我。”

这是一对姐妹在绝望中慢慢彼此治愈、彼此守护的故事。她们的身后还有一位为女儿倾尽所有的母亲，一位饱受命运捉弄却依旧心怀善意和感恩的母亲。这是个真实的故事，也是个压抑的故事。这是个悲恸的故事，也是个治愈的故事。当我手执纸笔坐下静静聆听她们的声音时，我惊觉它离我是这么近，却又那么远。

【小米粒的独白】

常年毒打妈妈、姐姐和我的酒鬼父亲被车撞死了，我一滴眼泪都没掉。看着那个人满是血污、了无气息的身体，我暗自庆幸苦难的生活终于结束了。虽然仍是家徒四壁，但至少我们母女仨不用整日整夜地生活在恐惧和绝望之中了。我和大米粒的学习成绩都很好，以后考一本肯定没问题，等工作了再一起努力就可以带着我妈妈过上舒服日子了。

可是我没想到，父亲的死不是美梦的起航，而是噩梦的开始。或许这就是我没在那个人坟前掉泪的报应。

没过几天，父亲家的亲戚就过来闹事了。他们疯狂地砸掉了家里仅有的锅碗瓢盆，指着我妈的鼻子骂她克夫，说她生不出儿子才会害死父亲。他们叫我和大米粒野种，还扬言要让我们母女三人血债血还。时至今日，我还能清楚地记得那一副副狰狞的面孔，像是从地狱逃脱的魔鬼。母亲带着我和大米粒换了地方住，过得小心翼翼。可是那群人是铁了心不放过我们，四处打听我们的下落。

那是一个风和日丽的下午，我和大米粒被那些人追赶着逃到附近一个废旧的仓库。

大米粒拉着我的手说：“听姐姐的，快点跑，跑得越远越好，找个地方躲起来。”

我问：“那你呢？”

大米粒说：“我们得分头跑，要不然等着被一起抓？快啊，还愣着干吗？”

我被她呵斥着站起身，听话地朝树丛深处跑去，果然没有人再追上来。后来，我和妈妈在仓库附近找到了遍体鳞伤、几乎昏迷的姐姐。我一瞬间就崩溃了，大米粒从小就比我聪明，跑得比我快，怎么可能在仓库附近被抓住？此刻，我才明白，大米粒所谓的分头跑是让我跑，然后她掩护我。这样我们俩中才能保住一个。

看着躺在脏兮兮的病床上的大米粒，心中的恨意和痛苦几乎要将我吞噬。我的眼泪哗哗地淌，死活都止不住，只能一遍遍地在心里说：“姐姐，以后我来守护你。”

大米粒醒了，但疯了。

她被那些丧尽天良的畜生硬生生地逼疯了。

那年我12岁，大米粒15岁。

【雪地里的母亲】

大米粒出事后，她们母女三人只得再次颠沛流离，寻找新的住所。大米粒的精神治疗需要很高的费用，而她们家每个月只能领一百五十块的低保。

小米粒和妈妈起早贪黑地忙碌也赚不到几个钱，根本支付不起高额的医药费。那段时间，她们所在的社区举办了资助活动，由大伙儿出钱帮助困难家庭。兴许是人们嫌大米粒的事太麻烦，竟没有一个人将此事告诉她们。后来，小米粒从一个退休的老教师口中得知了这个消息，匆匆填好表格去提交的时候，人家告诉她时间早就过了。

冬天到了，她们实在熬不住了。在一个大雪纷飞的日子，小米粒留在家中照顾大米粒，母亲穿着双破破烂烂的拖鞋，连双像样的袜子都没有，就跑到社区去找那些人请他们给加些低保。主管事的睨着她母亲，一字一句地说道："你还想让政府养你一辈子？"

母亲走投无路，只能独自跑到市政府。大雪天她就光着脚，生怕鞋子弄脏了地惹得人家不高兴了。她长跪在雪地里声泪俱下，求着门口的人带她去见市长，讨点钱给大米粒治病。终于有人动了恻隐之心，帮助她闯了三关见到了市长。她见到市长当场就跪下磕头，哀求市长救她的大女儿，那是一条命，也是她的命。市长终于同意了，大米粒这才得以继续治疗。

那是母女仨最难熬的阶段，一直过着衣不蔽体、食不果腹的生活，加上大米粒时而清醒时而疯癫，日子更难过了。

有一次大米粒看电视看得好好的，突然就掐住了小米粒的脖子。她的面庞肌肉扭曲，目光可怖，嘴里喃喃念道："小米粒，你快跑，我掐死他。"

小米粒的脸因窒息涨得通红，她闭上眼睛，眼泪一滴滴滚落。或许是灼热的泪刺痛了大米粒，她猛地一抽，收回手，茫然地看着小米粒。半晌她才缓过神来，颓然地倒在地上，搂着小米粒号啕大哭。

【大米粒的自述】

那次差点掐死小米粒之后，我便对她说："你离开这个家吧。"

小米粒坚决不同意。我说："等你高考完了再回来，要不然就别认我这个姐姐。"

之后，我和我妈强行把小米粒送去了一位好心的老师家，她在那家一住就是两年。起初她老是往家里跑，我就把她骂走。小米粒是我们家唯一的希望了，我不能自私地把她留在我身边。

小米粒走后，我的病情恶化了。那阵子我清醒的时间很少。后来她高考成绩下来，说考上了一本，还是个"985"。我高兴得不得了，我就知道她可以做到，她答应我的事从不食言。

小米粒上大学的四年间我的情况逐渐好转，头脑清醒的时候比以前更多。有时候，我还会出去找些短期工作赚点钱，好替我妈分担一些，她活得太辛苦了。

有一天，我妈和我说，村子里有家人儿子条件还不错，也不嫌弃我的情况，让我结婚。我想了想，也是，我该结婚了，要不然一辈子拖着小米粒，她怎么嫁人？

那天我和小米粒通电话，她在电话那头哭了。她问我："姐，你说实话，你真想结婚？"我听到她的抽泣声一犯浑，就说："其实我好害怕，万一我不小心犯病了那家人会怎么看我？"

结果小米粒一放假就赶回来，坚决不同意这门婚事。她跪在地上，说我要结婚她就不起来。

我哭了，说："我不想成为你的累赘。"

小米粒说："那你就努力好起来，在那之前你别想甩开我。"

我拼命捶打她，痛哭到失声："你怎么这么倔？"

小米粒说："我这辈子什么都可以没有，唯独这点亲情、这点本心舍不掉。你当年硬要救我，那我用余生来还。"

我最终没答应那个婚事，幸好那家人比较开明，没有追究。

我答应小米粒，我要努力恢复正常，然后好好活下去。

【尾声】

在采访小米粒时，我问道："你们当时有没有尝试去告害你姐姐的人？"

小米粒苦笑："我们家又没钱，又不认识人，怎么斗得过他们？弄不好情况会更加糟糕。"

我问："那假如现在有机会你还会告他们吗？"

小米粒想了想，说："不了吧。要是再把这事翻出来，我姐还得受刺激。我现在唯一希望的就是她快点好起来，其他都不重要，只要他们不再来惹我们就行。"

我又问："你未来有什么打算？"

小米粒说："马上我要毕业了，想找个工作努力赚钱，让我妈和我姐享福。要是结婚的话我会签婚前协议，没有任何人可以逼我抛弃我姐，我愿意照顾她一辈子。"

我说："最后一个问题，希望你不要介意，你恨你爸吗？"

小米粒说："以前是恨的，也想过凭什么我们要遭遇这种事呢？后来我妈总和我说，也许是命中注定的，也不必去计较那么多，就当上辈子我们欠他的这辈子一起还清了吧。这些年我心里没有恨，相反，我很感激这些年帮助过我们的人，还有带给我们祝福和温暖的人。日子总要过下去。”

卢梭说，没有感恩就没有真正的美德。

小米粒的母亲没有文化，却将被生活折磨得体无完肤的女儿培养成了温暖、感恩，懂得宽恕的人。小米粒说，她曾觉得这个世界烂透了。后来有一天，她想明白了，世界原本就是这样，黑白相间，有阴有阳，或悲或喜，亦假亦真。如果身处阴影中，那就努力走到阳光下。即使生活复杂、荒诞，糟糕透顶，也要保持一份纯粹和善意。

那日道别时，这位年迈的母亲佝偻着背含笑挥手，我转过身泪如雨下。

野猴子

《野猴子》的诞生源于我偶然间听到的故事。故事的口述者是个很温和的女孩。她上初中时班里有个很另类的男孩，母亲早逝，父亲重组家庭后基本不再管他，只有每月为数不多的生活费提醒着男孩自己还有个爹。男孩长期一个人住，无人约束，行为乖张。他的桌上总是摆放得乱七八糟，成绩烂得一塌糊涂；他会戏弄脸容易红的女生，嘲讽受老师喜爱的男生。

同学们都很讨厌他，想着法子排挤他。他路过的时候，大家会瞬间安静下来，彼此眼神交流着对他的嫌弃；母亲节班里组织集体活动，大家故意不告诉迟到的他；课代表将他的作业本偷偷扔在水房的角落，老师们也装作没看到，反正他们早就放弃他了。

女孩是学习委员，有一次实在看不下去，偷偷把他被撕坏的作业本粘起来，放进了他的抽屉。男孩回到教室，刚坐下便照例将手伸进抽屉找漫画书。他摸到作业本，拿出来瞧了瞧，有些诧异，随即向女孩方向看去，女孩忙转过身假装看书。

初三时，在一节体育课上，女孩跑完800米后身体不舒服蹲在地上吐，同学们各顾各地回教室自习去了。男孩走向她，什么话都没说就直接将她背去了医务室。那一刻，她趴在他肩上眼泪止不住地往下流，心里默默说了声对不起。那是长期以来作为旁观者却毫无作为的愧疚和歉意。

后来，她总是留意男孩的一举一动。她看到他一遍遍地用胶带粘掉写错的答案，才知道其实他也努力地想要做好；她看到男孩独自把大扫除没人愿意做的脏活累活给干完了，才明白他从来没有真正讨厌过伤害他的同学们。毕业时，女孩是班里唯一一个给男孩写同学录的人。男孩看到她递过来的那张纸时，笑着说了声谢谢。

女孩说，脑海中男孩的模样已经有些模糊，可她就是忘不掉他裹着一件又大又旧的校服的背影。

女孩说，男孩不知道她其实是想对他好的，可惜那时的她只是个循规蹈矩的乖乖女，不知道该如何走进他的世界。

女孩说，她不知道男孩现在身在何处，只能在心底默默祝愿他能遇到一个真正疼他、懂他的人，幸福地生活着。

前段时间，女儿在看一本挺有意思的绘本，名字叫作《小猪尼罗的生日派对》。小猪尼罗是同伴眼中的“另类”，他吃饭爱吧唧嘴，没事在泥里面打滚，身上总是脏兮兮的，一点也不机灵。大家都不喜欢他，因为他和所有动物都不一样。尼罗的生日到了，他给小动物们都写了邀请卡片，可是没有人愿意来参加他的生日派对。最后一刻，母鸡妈妈站了出来，她呼吁小动物们一起去参加派对。她说，尼罗虽与众不同，但也有自己的优点，他大方、热情、真诚，是个很好的朋友。

现实生活中往往缺少“母鸡妈妈”这样的角色，站出来保护本也有权利得到爱的“被孤立者”；站出来告诉孩子们，一个人的与众不同和缺陷不应该成为你们排挤他的理由，你们做错了。

我想借《野猴子》的故事告诉我的孩子们：人们习惯于接纳与自己相似的群体，而否定与自己有差异的个体。倘若有一天你们也遇到像“野猴子”和“小猪尼罗”这样的伙伴，请不要成为“施暴者”，也不要成为孤立同伴的“帮凶”。请时刻保持一颗悲悯之心，尝试理解他人的复杂和缺陷，接受人与人之间的差异性。人之所以奇妙，在于其立体性和多面性。

作家摩罗曾说，当我们充分意识到人性的复杂时，才可以用低调的眼光看人、看世界，既不会对他人持有过分的道德期待，对于他人的过错、缺点也会有一种低调而温柔的谅解。

野猴子的故事

天空是孤独的蓝色，偶有几只鸟儿飞过，很快便不见了踪迹，仿佛从未出现过。树上的少年怔怔地望着远去的飞鸟，它们像白色的污痕，短暂地撒在洁净的蓝丝绒上，随即被风捋了个干净。

他愣神的时候丝毫没注意口袋里的橘子滑落了枝头，掉在草堆里，惊得正懒洋洋地瘫在地上晒太阳的鸡一跃而起，发出尖锐的嘶鸣。屋内的李大爷闻声抄起擀面杖就跑了出来，手脚不知道比平时麻利多少倍。他大声吼道："给我滚！这龟孙子，这天杀的没娘养的，又来偷我家橘子，看我不打死你……"

少年麻溜地跳下树，一个箭步冲出了小院，撒腿就跑，独留李大爷的咆哮声响彻天空："野猴子，有种别跑，下次再来看我打不死你！"

村里路过的人议论纷纷："这没爹没娘的野猴子，又去欺负那李老头了。这可怜的李老头哟，迟早要被他气死，造孽啊！"

少年边跑嘴里边嘀咕："不就拿你几个橘子嘛，臭老头，前几天还看你摘了一筐送给王巫婆家那孙子。"

其实少年是有名字的，可整个村里没有人知道他的名字，只知道他姓侯，是那姓侯的寡妇从别地儿带回来的野孩子。村里人人都传，当年这侯寡妇是这一带出了名的村花，可惜克夫。她嫁给村长儿子的第二年，那年轻人就病死了。村长悲痛欲绝，迁怒于侯寡妇，将她赶出了家门。

结果没过几年她却带了一个孩子回来，跪在全村人面前痛哭着说自己命不久矣，求他们发发善心收留了这孩子。村长坐在炕上抽着大烟没说话，围观的村民也不吱声，怀里抱着孙子的王老太见势上前呵斥："丈夫才死多久啊就出去鬼混，现在还把这杂种带回来，真不知检点。"

寡妇也不辩解，只是一个劲地磕头，直到村长开口："算了，把村头的那个草屋收拾收拾，给他们母子吧。"

几个月后，寡妇去世了；几年后，野孩子长成了野少年，人们都叫他野猴子。

野猴子成绩差，人也不讨喜，村里没有学校要他。他每天厚着脸皮端着发了霉的小板凳坐在教室最后，拽拽这个女娃的辫子，踹踹那个男娃的桌子，还老往王老太的孙子口袋里面丢蚂蚱。他成天放学后也不务正业，从李大爷家偷几个橘子，再从王老太家顺走一只鸡。

有一次王老太家的鸡少了一只，她满村子地找，最后在村口的石头上看见了跷着二郎腿哼着小曲啃鸡腿的他，气得直吐血，对着他破口大骂“没人要的杂种”。野猴子也习惯了，站起身撅着屁股朝王老太放了个响屁，然后一溜烟跑了。

村里人都讨厌野猴子，巴不得他早点滚蛋。大人们将他视为瘟疫，坚决不让自己的孩子靠近他。在学校里，孩子们也变着法子整他，他们故意组织大合唱，歌名就叫《世上只有妈妈好》。孩子们深情地唱着，老师们满脸欣慰地鼓掌，只有野猴子一脸阴沉，一言不发，拳头握紧又放松，最后一声不吭地走出教室；一些男孩模仿他的笔迹给女孩们写情书，女孩们一见到他就大喊流氓；他们把自己的零花钱塞到他的抽屉里再去老师那里告状说他偷钱，看着他在办公室被老师一顿臭骂便一起捂着嘴偷乐；他们把他好不容易攒钱买的旧书给撕了，他向老师借书，老师却说：“反正你也学不会，别浪费我的时间。”

野猴子不再去学校了，他总是自己跑去后山上待着。后山的林子很安静，他经常一待就是一整天，连橘子和鸡都忘记偷了。有一天，他在山里碰见一个同村的小孩。

小孩很安静地看着他，眼神里略带了些好奇：“你也逃学了？”

野猴子笑了，问道：“小屁孩，你叫什么名字?”

“我妈喊我栓子，你呢？”

野猴子不语，过了很久他才开口：“侯佳仁，我妈给我起的，好听吗？”

栓子点点头。

野猴子只顾着向栓子炫耀自己的名字，却没听到树丛深处传来不正常的嗡嗡声，等他发现时已经迟了。成群的马蜂席卷着树叶向他们涌来，野猴子转身拿起一块石头疯狂地向马蜂砸去，对栓子喊道：“快跑——你傻呀，快跑！！”

栓子发了疯似的跑回家，拉起他妈和他叔就往后山跑。他们终于跑到后山的时候，看见野猴子瘫坐在地上，半张脸高高肿起，身上到处是红斑。他冲大惊失色的栓子扬了扬手里的半截短棍，张开难看的笑脸：“还好老子带了火柴。”

栓子妈对野猴子千恩万谢。她从家里养的鸭里挑了最肥的一只，给野猴子炖了一锅鸭汤，够他吃好几天。野猴子坐在小板凳上，听着栓子妈的念叨，一碗一碗地喝着鸭汤。他把脸埋进碗里，不想让他们看见那豆大的泪滴。

“真疼。”野猴子在心里说。

野猴子是在这年秋天走的。那天秋风阵阵，撩得人心痒痒。栓子家的鸭子也按捺不住了，偷偷溜了出来，被放学回家的栓子逮着正着。栓子拉着几个小伙伴追啊赶啊，一路追到后山下的河边，其中一个小孩脚一滑便掉了下去。栓子害怕极了，冲着半山腰的野猴子大喊救命。野猴子闻声赶来，撸起裤管就跳了下去。

深秋水流湍急，前阵子的暴雨使得水位又涨了不少。野猴子一手拽着孩子，一手死死拉住栓子他们递过来的长树枝。

栓子急得大哭：“怎么还没人来啊，不是已经让石头去叫人了吗？”

他又朝野猴子大喊：“哥哥，怎么办啊，我们坚持不住了呀！”

野猴子也快撑不住了，他对那孩子说：“你抓着树枝这一头，绝对不要松开，一会儿你妈妈就来了，别害怕。”

孩子问：“哥哥你呢？”

野猴子说："别担心，我会游泳呢。你好好抓紧了啊，你很轻他们拉得动你。"

说完他便放手了。

他一点点地顺着水流往下漂，尽量让自己抽筋的腿放松下来，模糊中他看见岸边大人们赶了过来，把孩子救了上去。他心满意足地闭上眼，心里想："栓子，以后给我多去那糟老头家偷点橘子啊。"

岸边的人越聚越多，栓子妈突然大喊："野猴子呢？野猴子呢？"人们这才想起野猴子，可水面上早已没了他的踪影。

栓子说："哥哥不叫野猴子，他有名字，他叫侯佳仁。"

于是，村里人顺着河道一路下去找他。"佳仁——佳仁——"这是他们第一次叫他的名字。

他们没能找到野猴子，只能站在河边一道为他祈福。一片沉默中，村里的张姨率先出声："其实野猴子挺好的。有次我女儿中暑了，还是他给背回来了，这小子吃得少块头倒是大。"

王老太也开口了："有一次这野孩子偷鸡给我发现了，我给抢回来了，还让我儿子打了他一顿。结果——结果听说他上山采果子吃中毒了，上吐下泻，不就一只鸡吗，哎……"

李老头抽了一口烟说："以后该没有人来我这个老头子家偷橘子了，我该有多寂寞。"

大家轮流开口，栓子妈在一旁哭得泣不成声。被救的小孩拉了拉自己妈妈的衣袖，小声说："哥哥刚才松手之前对我说，他会变成一条小鱼，在河里自由自在地游，寻找他的家人。是这样吗？"栓子妈闻言哭得更大声了。

天空中有鸟儿飞过，人们知道，野猴子再也不会回来了。

03 我愿陪你蹲在墙角做只小蘑菇

2018年，姐姐“小鹅”诞生；2019年，妹妹“小小鹅”诞生。从此，我又多了一个角色：妈妈。在“90后”这一群体中，同我一般年纪生孩子的人不多，生两个的更是少之又少。随之而来的问题便是我很难从同龄的朋友那里得到“育儿经”，只能自己不断摸索，偶尔和为数不多相识的年轻妈妈们一起讨论和研究孩子成长中的点点滴滴。

在和这些妈妈相处的过程中，我发觉越来越多“80后”“90后”的父母开始注重孩子的心理和情感教育，这是件好事。可以说，我们这一代以及上一代中的多数人在成长过程中缺乏心理和性格发展方面的引导，以至于我的同龄人中不乏受原生家庭影响而难以接受自我、建立亲密关系或是融入社会环境的年轻人。

《我愿陪你蹲在墙角做只小蘑菇》是我写给孩子的信。这封信大致写于小鹅半岁时，那会儿又一个幼小而蓬勃的生命已悄然而至。父母和孩子是相互成就的。成长是没有期限的，我由衷地感恩孩子的到来给予了我进步和成长的动力和空间。同时，我也盼望着自己的经历和想法也可以适当地影响孩子，带领她们一起成长为积极、乐观、有理想且为之努力的人。孩子，当你满脸信任地递给我一张白纸时，我已下定决心为你谱写一个与众不同的故事。

致女儿

一眨眼工夫，你已经半岁了。我还记得你第一声响亮的啼哭。在有些暗黄的灯光下，医生、护士和助产士相互拥抱、欢呼，一屋子的人在一整天的等待后欣喜若狂地迎接着你的到来。你的爸爸握住了我因用尽全力而不断颤抖的手，激动地说："是个漂亮的宝宝，有好多的头发。"

那一刻，先前所有紧张、不安、激动和期待的情绪在一瞬间完全释放，我的眼泪止不住地往下掉。护士将你擦了擦，裹在包被里轻轻地放在我身上。我小心翼翼地用双臂环住小小的、软软的你，恍惚中竟感觉有些不真实，我真的做妈妈了。

在等待你到来的九个多月里，我无数次下定决心要做一个很棒、很酷的妈妈，竭尽所能让你成长为快乐的、自信的和拥有自己想法的孩子。愿你长大后也能以这份乐观与勇气去感染更多的人。

我希望你对我的情感不是一味依赖，而是源于内心深处的信任。我会尝试理解你表达的每一种情绪和每一个行为，积极的或消极的，正面的或负面的，并及时做出回应。有人提出，婴儿时期的养育和教育已经在为日后性格发展与认知奠定基础，我非常赞同这个观点。你同千千万万的新生儿一般，向外界传达信息仅有的方式就是眼泪和神情。仔细探究便会发现，你一直在用自己的语言与我沟通，胀气时是一种哭泣，无聊时是一种哭泣；欢喜时是一种眼神，害怕时是一种眼神。你越大，传达的信息就越多，接受、拒绝、惊奇或是委屈；你越大，需要的肯定、陪伴和沟通也越发地多。

曾经一度十分流行的“哭声免疫法”和“延迟满足法”均由二十世纪三四十年代西方行为主义心理学鼻祖华生提出。他认为婴幼儿对爱的需求主要源于对食物的需求，只要给予他们足够多的食物，即可满足心理需求。此外，他的理论鼓励父母按照自己的需求训练孩子，编写出一套“程序”，实现父母输入“代码”孩子便自动输出“结果”。

几十年后，另一位心理学家哈洛利用恒河猴实验对华生的理论进行了彻头彻尾的驳斥。其中，最经典的一个实验被称作“代母实验”，即比较带奶瓶的“铁丝妈妈”与无奶瓶的“绒布妈妈”对小恒河猴的影响。实验结果证明刚出生的恒河猴明显偏向绒布妈妈，即使饿着肚子也紧紧依偎在绒布妈妈的怀抱里，只有饿到极点才会回到“铁丝妈妈”的怀里吃奶。

此外，哈洛还对恒河猴做了母爱剥夺实验，即将刚出生的恒河猴与母亲分离，将它们关在笼子里，对它们的哭闹和挣扎不予理会。实验结果发现，这些恒河猴逐渐对笼子里的毛巾产生依恋，当撤走毛巾和笼子后，他们面对外界无所适从，并且在成长过程中展现出抑郁、自闭、自残乃至残杀幼猴的症状和行为。哈洛也因该实验被称为最残忍的心理学家。

哈洛以牺牲恒河猴为代价得到了以下两个观点：一，爱源于接触，并非物质；二，婴儿时期得到细心呵护和安全感的孩子会更加独立和无畏，他们更具有探索精神且能更好地适应环境。我同意哈洛的观点。我希望给予你很多的爱与安全感，以及发自内心的理解。我坚信，摸清你的好恶、理解你的需求和及时做出回应不属于“过度亲密”的范畴，在此过程中得以建立的不是依赖关系，而是信任关系。

我曾经问过一个小孩：“你为什么不把这些想法告诉你的爸爸妈妈呢？”他本能的反应是：“我只告诉你

了，你不要告诉他们哦！我不相信他们。”这个孩子宁愿将烦恼告诉我这个只有几面之缘的外人，也不愿意向他的父母倾诉和求助。孩子说，他从小只要在家里哭，他的父母就会怒斥他，叫他不许哭。时间长了，孩子确实变得不哭不闹，乖巧懂事，可这背后的原因却是因为他不再信任自己的父母，也不再对他们发出任何信号。

我至今仍记得那个男孩提到父母时的神情，那是孩子不该有的一种冷漠和早熟。我不愿成为那种你无法倾诉更无法信任的妈妈。你在成长过程中会遭遇数不清的烦恼和挫折，待到那时，我更愿意做你的战友，而不是你的指挥官。

四个半月后，你开始认生，渐渐地对外界的一些事物产生恐惧感，能分辨出自己不愿意做的事情。这便是你自我意识的觉醒。这个过程很漫长，你会经历一场哥白尼式革命。当你突然发现这个世界并不像你想象中那样时，你感到害怕和迷茫，这是正常的反应。

有一次我的朋友逗一个孩子玩，把她抱起来飞快地转圈圈，她却号啕大哭，叫他放她下来。旁边的大人们戏谑地说：“你真是个小胆小鬼啊！逗一下都不行。”孩子的母亲却在事后蹲下身告诉孩子：“你没有做错什么。如果你感到害怕，不愿意别人这样对你，你要表达出来。如果你不知道该怎么办，也可以告诉妈妈，妈妈会帮助你。”我深受触动。

孩子，你要学会表达你的恐惧和拒绝。你可以告诉我害怕、退缩或是迷惘的原因，我愿意倾听。当然，你也可以听听我的想法，让我带领着你一起探寻新鲜事物。或许我们可以从另一个角度去看待这些事物，从而帮助你克服恐惧，抑或是悟出比恐惧更重要的东西。如何给予你有原则的母爱是我的必修课。所谓原则，是知你所需，知你不欲。

孩子，当你逐渐长大，会对这个世界产生自己的看法和观点。某一天你会发觉不是所有的人都能懂你，而你也很难理解他人的一些言行。这个时候你要勇于寻找自我，追逐自我，并在此过程中接受差异性和多元化。也许有一天，你会开始困惑，开始思考，像一个小小的旅行者被困在偌大的森林中。倘若你在前行时迷失了方向，不要忘记转过身和我说说你的烦恼。

我很喜欢一则小故事。有个人每天蹲在墙角，无论风吹日晒雨淋，他始终一动不动。大家都说他是疯子。某天，一个医生走过去默默地蹲在他身旁，一动不动。很久之后，这人转向医生，问道：“你也是个蘑菇吗？”

医生笑了，点点头。“蘑菇”也笑了，他终于遇见了同类。他们像老朋友一般谈话，直到两人站起身，一道走进屋吃了顿饭，其间谈笑风生。

或许有一天，你会突然发觉，你并不是别人眼中的那朵小花，你其实是一只与众不同的小蘑菇。于是，你停下了脚步，蹲在墙角，静静地想啊想啊。那时候，我也会陪你一起蹲在墙角做一只蘑菇，我们一同看看云朵和晚霞，聊聊心事和愿望，直到你做好准备再次起身，继续踏上属于你自己的旅程。

孩子，当你深感疲惫和迷茫时，不妨回回头，我会一直守候在阳光下的墙角。

谁动了我的玩具？

“当年仅一岁半的小鹅第一次从妹妹怀里抢走自己的玩具小黄鸡时，我感到有些诧异，一来她年纪尚小，二来她平日里是个比较愿意分享的孩子。在她指着玩具大喊自己名字的那一刻，我的手一抖，脑中只剩一个想法：‘别动她的玩具！’”

新生命的降临于一个家庭而言本该是件幸事和喜事。然而，随着近些年二胎政策的开放，孩子“争宠”导致的负面新闻层出不穷。从现实生活中老大以“逃学”“自杀”苦苦相逼不让父母生二胎的案例，到去年“六岁女孩因家中新添弟弟而遭遇忽视，为博关注患上癔症型失明”的新闻，孩子的心理状态和关系处理成为二胎父母的首要任务，显然，把握孩子的心理状态和处理两个孩子之间的关系成为二胎父母的首要难题。

杰妮莎是我在美国时认识的一位二胎妈妈，她的大女儿七岁，小儿子四岁半。杰妮莎是加州圣伯纳迪诺县罗马琳达大学附属儿童医院专聘的心理咨询师，长期致力于亲子关系的研究和相关咨询工作。

她曾告诉我，通常家庭中性别不同的孩子被称作是更加敏感的组合，任何不恰当的偏向性都会致使孩子在成长过程中产生对性别差异的错误认知，以及对自我性别价值的不认同。在亚洲文化的家庭里，如中国、印度的家庭容易偏向男孩多些。其实美国的家庭也会有一定的性格偏好，或喜欢男孩，或喜欢女孩。随着孩子们一个接着一个出生，这种偏好也可能改变。

作为父母，即使内心有一定的偏好，也要学会去肯定每个孩子的价值，发现他们的独一无二，再教会他们正视差异性，肯定自我的价值。

弗洛伊德把嫉妒感和随之而来的不安感归结为“性本能”。当感受到父母的爱和关注被新成员瓜分，孩子会表现出本能的妒忌和反抗，这是正常的反应，却被部分父母当成胡搅蛮缠的行为而忽视。这个阶段家人的理解和关爱尤其重要，对孩子性格的形成和发展也有一定的影响。

我曾参加杰妮莎组织的亲子活动。活动期间，一个三岁的女孩展现出对母亲强烈的占有欲。母亲一直抱着六个月的妹妹，而女孩只能独自坐在一边，她很快表现出不满的情绪。面对她越发明显的烦躁和不安，这位母亲选择将怀里的妹妹交给杰妮莎照顾，抱起了女孩，轻声地询问和安抚，并引领她加入集体游戏中。待女孩情绪逐渐稳定并融入环境后，母亲这才默默退后。

发展心理学指出，当消极互动发生时，忽略行为本身、关注孩子行为背后的需求更为有效。当积极互动发生时，让孩子意识到积极行为的好处和经验，才能起到强化作用。这一点我在与两个孩子相处的过程中也深有体会。

我的两个女儿“小鹅”和“小小鹅”年龄相差十六个月，理论上不满两周岁的孩子不易产生嫉妒心理。的确，当我抱着小婴儿回到家中时，小鹅的反应更多是好奇和惊喜，和当初看见我抱了只玩具大松鼠回家时的神情没什么差别。而不久之后，我发现她对两样东西有着很强的占有欲：一是父亲的陪伴，二是记忆中本属于自己的玩具。

我和大多数母亲一样，产后多数时间在休养身体和哺乳新生儿，小鹅在意识到这一点变化之后变得格外依赖父亲。此时父亲的陪伴让她倍感安心，从而减轻了对新成员的戒备心。因此一个相当有趣的现象出现了，当我因照顾妹妹而无法陪伴她时，她并未表现出明显的不满和烦躁；然而，当她的父亲专注地逗弄妹妹时，她会上前拉开他的手，用为数不多会说的话表达她的抗议（这种情况在我出月子后逐渐缓解）。

早在20世纪80年代，心理学家便提出“如果第一个孩子在新生儿到来之后仍能与父母保持亲密的联系，那么他们就会适应得更容易些”。产后时期，父亲的态度和行为很大程度上决定了孩子对新生儿的接受度，如果这一阶段父亲能够代替母亲给予孩子安全感，形成安全的依恋关系，那么孩子因新生儿到来而本能产生的嫉妒、恐惧等负面情绪就可以得到很有效的缓解。等到孩子到了能够沟通的年龄，父母可以每天分别给两个孩子五到十分钟的时间和其独处，以此方式了解孩子的情绪、想法和心理动态，建立与父母之间的亲密关系。

当一岁半的小鹅第一次从妹妹怀里抢走自己的玩具小黄鸡时，我感到有些诧异。一来她年纪尚小，自我意识刚刚萌芽；二来她平日里是比较愿意分享的孩子，会用自己的方式照顾每一位家庭成员。比如，她会在妹妹饿的时候把自己的奶瓶递过去；她会在我不舒服的时候把自己的安抚巾拿出来给我咬；她会在发现一样很好玩的东西时迫不及待地拿给大家看。然而，当我没有经过她的允许就把她的玩具拿给妹妹时，她很着急地指着玩具大喊自己的名字，坚决不愿借给妹妹玩上一会。这类玩具通常是她非常喜欢的，或者是她印象里属于自己的玩具。

于是，我尝试着引导她进行分享。

首先是肯定物品的归属权。我对她说：“这个玩具是你的，你可以决定是否给妹妹（或其他的小朋友）玩。”

紧接着，我试图唤起她的同理心：“有时候你想要妈妈的东西，妈妈会把它分享给你，这时候你会感到很开心；同样，妹妹也想和你一起玩这个玩具，如果你能够带她一起玩，妹妹一定会很开心的。”

最后，我告诉她：“分享你的玩具并不会使你失去它或者失去那份快乐。相反，一个人的快乐也许会变成两个人的快乐，试试看，你或许会感受到一个人玩的时候不曾发现的那种快乐和成就感。”

她对我的话似懂非懂，但是一般情况下这种方式会奏效。其实，孩子是很讲道理的，只是她的世界目前还是自我为中心的，去自我化的过程堪比一场哥白尼革命，不在一朝一夕。想要引导她自发地做一件事，需要更多地了解她的心理，从根本上启发她做出“利己利人”的选择。当然，有时候孩子也会坚决拒绝分享某件玩具或物品，那大可不必强求，不妨换一件玩具试试，毕竟最终目的不是逼迫孩子交出手上的玩具，而是引导她学会分享。分享是一种精神，一种习惯，而不是以丧失自我意愿为代价来博取好感的工具。

作为父母，在此过程中需要足够的耐心，引导而非强迫，把最终的决定权交给孩子。首当其冲的一点是去理解和尊重孩子的选择，正如成年人也有不愿与旁人分享的珍贵物品，对于这个年纪的孩子来说，某个玩具或者某样日常用品或许就有着十分重要的意义。这个时候如果一味地强迫孩子去分享属于自己的物品，并对拒绝分享的行为加以指责和惩戒，会使孩子产生“我的想法不重要”，“我想要的东西也不重要”，“拒绝别人会使我遭遇指责”的思维模式，也会影响到其日后的自我认知过程。

除了引导分享外，还有一个方式可以催化孩子之间的感情：赋予孩子责任感和使命感，让她觉得自己被重视、被需要。有时我会对小鹅说：“妈妈忙不过来，你可以帮忙照顾一下妹妹吗？”

最初说这话只是抱着开玩笑的心态，一岁半的孩子能指望她做什么呢？结果我挺意外地发现她很认真地在帮忙，并且乐此不疲。妹妹的脸被毛巾被蒙住了她就上前把被子往下扯，妹妹的玩具被踢到一边她就帮忙捡起来重新放到妹妹面前。她有时候会蹲在那里逗妹妹笑，有时候会帮妹妹擦去嘴角的口水，有时候会跑去摸摸妹妹的脑袋。渐渐地，孩子会形成一种习惯，即使不对她说“你要让着小的”，她也会发自内心地爱并包容着妹妹。

前些日子，小鹅照例凑上前去逗妹妹玩，却险些被妹妹的“旋风踢”绊飞。她很委屈地跑到一边哭，哭了一会却又回头亲了亲妹妹的脸。当了母亲后，有很多个瞬间让我意识到其实孩子往往比成年人更加懂得宽容，孩子之间的爱也更加无私。

因此，当孩子之间遇到矛盾和问题时，父母无需急于充当裁判的角色，不必当机立断孰对孰错，不妨当个倾听者或建议者，甚至旁观者。另外，可以适当地告诉孩子，父母也不是万能的，也需要休息和空间，并给予孩子们一些时间自己坐下来好好解决问题，又或是提供一些建议让他们独自去选择，去调和。

二胎家庭的难题需要用心、用爱去解决，别让这些美好的小天使们迷失在“争宠”的道路上。

允许孩子在不完美中成长

去年，朋友小李的女儿被选中在学校大型庆祝活动上独奏钢琴曲。女儿在学校里一直默默无闻，此次“英雄方有用武之地”，于是熬夜练习了好几天。演出当天她却在中途弹错了一个音，下台后小脸一直垮着，心底懊恼不已。

她对小李说：“妈妈，我真丢人。”

小李心底一惊，说道：“你已经做得很好了，每个人都会犯错，这并不丢人。可我想知道的是这首曲子你事先练习了那么多遍，已经非常熟练，为什么演出的时候会突然出错呢？”

女儿解释：“我弹到一半忽然开始担心观众的反应，他们会不会不喜欢这首曲子？我弹得好不好？我分神了，节奏一下就乱了。”

小李蹲下身，看着小小的女儿强忍着几欲夺眶而出的泪水，抱着她说："你以后还会登上更多的、更大的舞台。记住，你每次登上舞台不是为了获得所有人的掌声和认可，而是为了享受自己努力的成果。这是只属于你自己的时刻。今天你在弹错那个音后很快调整了状态，没有影响整体的表现，你做得非常好。"

女儿点点头，蹦蹦跳跳地跟随小李去喜欢的餐馆吃了顿大餐。

"不知道她能不能明白呢。不过，小孩子真容易满足，吃了顿饭一切烦恼就忘到九霄云外了。"小李事后笑着对我说。

"在孩子的世界里没有什么比吃大餐和得到妈妈的认可更值得开心的了。"看着我钦佩的眼神，小李笑了，神情有些落寞。

"我只是不想让她走我的老路罢了。"她说。

十岁那年，小李作为领舞参加市里的舞蹈比赛。为了取得名次，她和伴舞的几个女孩经历了两个多月的魔鬼训练。比赛那天，她盘起头发登上舞台，闭上眼回想那如溪水般潺潺流淌的美妙旋律和优雅曼妙的舞步，却不曾想，这场演出成了以后挥之不去的梦魇。

音乐响起，台上纤细的身影迈着灵巧轻盈的舞步，宛如梦中来。一分钟、两分钟……两分半钟时，小李一不留神跳错了舞步。她下意识地望向坐在观众席第一排的母亲，却见母亲眉头蹙起，很不满意的模样。她慌了神，动作一连串地出错，显得格外突兀。伴舞的女孩们察觉到异样，向她投去询问的目光。她紧张得头晕目眩，浑身是汗，意识到节奏已被自己打乱，纤细的手指僵硬在半空中。

气氛变得有些尴尬，评委席交头接耳，观众们窃窃私语。母亲坐不住了，脸上阴云密布，挥着手示意小李赶紧下台。音乐声戛然而止，小李跌跌撞撞地走下台。在伴舞的女孩们有些责备的目光中，她眼里满是求助地看向母亲，后者却当着众人的面扯得她一个踉跄，劈头盖脸就指责："你怎么这么没用？练了那么久还出错，你丢不丢人？平常犯错也就算了，偏偏关键时候掉链子，好好的舞蹈全给你毁了。"

"那一刻，我觉得自己完蛋了。"小李说。

小李的母亲年轻时为了女儿放弃了舞蹈，一直耿耿于怀。从小李出生的那一刻起母亲仿佛又看到了希望，暗暗发誓要将女儿培养成舞蹈天才，用完美的舞姿征服观众，随后在鲜花与掌声中圆满谢幕。母亲的眼里容不得沙子，对小李更是严苛到极致。然而，母亲所追求的完美却成为小李的精神枷锁，锁住了她的自信和快乐。

往后很长一段时间里，小李都患有舞台恐惧症。

有一年，她为一出舞台剧编写剧本，演出结束时剧组让她上台说几句。结果，她浑身发抖地在台上沉默了几分钟，最终在大家诧异的目光中逃之夭夭。小李说，她宁愿将自己彻底缩入壳中，也不能容忍自己在他人面前说错话或者做错事。

“每个人都或多或少地希望在孩子身上弥补自身的遗憾。我一直在想，如果当年母亲能够走到台前，为我挡去那些异样的目光，鼓励我跳完这支舞，告诉我不要害怕失误，坚持跳下去也是一种成功。也许一切都会不同。所以，当我的女儿说出她觉得自己很丢人这番话时，我觉得我必须要更正她的想法。”小李告诉我，眼里含着温和的笑意。

小李童年时代的经历不是个案，而是许多传统家庭的真实写照。一部分父母总是和孩子强调“你不能犯错”的观点，而不是“你可以犯错，但是要从错误中找到源头和汲取教训”的思维方式。孩子有种本能的学习意识，这种意识源于好奇、勇气和探索精神。在整个过程中，犯错不可避免。所谓“完美”，很多时候是以扼杀孩子在错误中思考和探索的天性为代价的。

真正的完美不是由别人的赞美做成的花环，而是不断地在不完美中精益求精的欲望和勇气。被教导追逐前者的孩子容易被“完美”奴役，习惯于自我否定，缺少摸爬滚打后依旧奋力奔跑的冲劲。凯瑟琳·舒尔茨曾在演讲《犯错的价值》中说："心灵的神奇之处，不在于你看到世界是什么样子，而在于理解和学习不懂之处。"

孩子的成长过程充斥着与"错误"的较量，也是在试错中不断发展和成熟的过程。那么孩子犯错时，父母究竟应该怎么做呢？

首要的一点是，父母应当经过观察和沟通之后再下定论。

日本动画片《蜡笔小新》里有这样一个故事：小新的好朋友正男丢了母亲给的一百元钱，小新担心他被母亲责骂，便把自己买菜后找来的零钱送给了他。在小新的眼里，正男是个很少犯错的"好孩子"，而自己经常被骂也习惯了。不出所料，小新因为拿不出剩余的零钱被母亲美伢痛骂，又挨了一巴掌。在母亲眼里，他就是个调皮捣蛋的"惯犯"，不用问就知道他要么是偷偷拿钱去买巧克力饼干了，又或是在哪里贪玩把钱弄丢了。小新没有辩解，做了个鬼脸就跑开了。等到美伢从正男母亲那里得知真相后，这才后悔不已，赶紧追去向小新道歉。

很多父母在孩子撒谎或是闯祸时，总是急于指责和惩罚。其实不妨先花些时间搞清楚孩子犯错背后的原因和动机，再做处理。也许，一个看着淘气十足、每天专业捣蛋的孩子其实仗义又暖心；也许，一个看着总不听话、什么事都做不好的孩子其实心里也渴望用自己的方式把事情完成，却不懂得正确的方式。当父母发现孩子其实不像自己所料想得那般“恶劣”时，也要勇于认错和反思，取得孩子的理解和原谅。在耳濡目染之下，孩子才会明白真心的认错和有效的沟通可以换来理解和帮助。

另外至关重要的一点是，在孩子试错的过程中，不要急于告知“正确答案”，给孩子思考和琢磨的空间。

父母习惯于将自己的经验和思考模式传授给孩子，这几乎是种本能。我会忍不住在女儿试图把方形积木塞进圆形洞孔时，握住她的手把积木放进方形洞孔；在她把饼干戳到鼻子上时帮她一把塞进嘴里；在她歪着的脑袋即将碰到椅子时紧张地出声制止。后来，我试着放手给她自己探索的空间，默默地守在她的身后，看着她将方形积木一个接一个塞进三角形、爱心形和五边形的孔去尝试，直至找到方形的洞孔；看着她在无数次将饼干戳到脸颊、鼻子或下巴后终于准确地放进张大的嘴巴里；看着她在头撞到餐椅感觉到疼痛后学会了动作轻缓地把头歪向一边。

我曾读过一个很有趣的故事：一天早上，妈妈看见年幼的女儿穿错了袜子，她左脚穿了只黄色的袜子，右脚却穿了只绿色的。于是，她告诉女儿："你袜子穿得好像不太对。"女儿想了想，认真地脱下袜子，把绿色的那只换到了左脚，黄色的那只换到了右脚。妈妈忍俊不禁，却没再继续更正。结果，傍晚时分女儿从幼儿园回到家，一进门就大喊："妈妈，我穿错袜子了。班上同学的袜子左右脚都是一个颜色或者图案的，我这两只根本不是一对的。"不仅如此，从此之后女儿还会经常整理自己的袜子，把它们一双一双地放进抽屉里，以免再穿错。

其实，孩子具有很强的洞察力和领悟能力。父母可以适当地给孩子一些自行纠正错误的时间和空间，静心地等一等，也许会收获一份惊喜。当孩子遭遇无法跨越的困境时，父母再适时地出现，给予帮助和引导，效果往往会更好。

孩子出生的那一刻起便是一个全新的生命，而不是父母将储存在脑海中的"完美孩子"模板3D打印出来的产品。请告诉孩子：放下"应该"的自己，拥抱真实的自己。满怀着热情、勇气与智慧踏上凹凸不平的路，不畏人言，不畏挫折，一路成长。谁说这不是一种完美呢？

以爱为名的谎言：“我是为你好”

2018年红极一时的家庭教育剧《小欢喜》中有一个令人议论纷纷的角色，她便是演员陶虹塑造的“控制狂”母亲宋倩。为了督促女儿英子全力备战高考，她不惜将房间打造成一个“透明监狱”，百叶窗拉下便可以与世隔绝。有一次，英子考试成绩名列第二，心里很是高兴，宋倩那句“虎妈名言”却脱口而出：“都考第二了，还有什么可高兴的？”

英子从小心里怀揣着一个“天文梦”，因此想要报考南京大学天文系。宋倩无法理解。学天文以后能有什么出息呢？于是，她逼着英子报考清华北大，坚持认为只有那样才能证明女儿的实力，也才是对女儿最好的选择。终于，这种全包围式关切和全方位无死角的掌控硬生生地将品学兼优、乖巧懂事的女儿逼至崩溃，患上抑郁症。直到英子决绝地站在桥上打算跳河一死了之的那一刻，宋倩依然不解，流着泪吼道：“妈妈都是为你好啊！”

“我是为你好”，这个以爱为名的谎言，是否十分耳熟？父母之爱子，其心之切，其爱之深，子女理应感恩。然而扪心自问，这其中有多少父母以爱之名冠己之欲，盲目且自信地为孩子规划着人生，用自认为最好的方式管教着孩子。倘若孩子不为其所动，依旧我行我素，那便是“不懂事”，人称“逆子”。

当今社会，越来越多的父母开始具备极强的“推娃”意识。可惜的是，失败的案例却自始至终多于成功的案例，女孩小路是个典型的例子。

在很多人眼里，小路是个听话的“好孩子”。每当小路听到这一类赞美的话语时，她总会苦笑：“为什么大家都把听话当成好事呢？”

小路的父母秉着“不让孩子走弯路”的信念，将她推上一条早早就规划好的路：刻苦学习考进名牌大学，毕业后进国企工作，随后相亲、结婚、生子。这便是他们眼中最安稳和体面的道路。任何与这条路背道而驰的选择都会致使她走弯路，而走弯路就意味着落后。

十六岁的小路说：“我加入了学校街舞社。”

父母说：“别整天和那些人混在一起，没前途。”

十八岁的小路说：“我想报考新闻专业。”

父母说：“学新闻有什么好？以后工作又累又不稳定。学会计吧，爸妈也是为你好。”

二十岁的小路谈恋爱了。

父母说：“学校里谈恋爱能有什么结果？把心思放在学习上，等工作了我们给你介绍，不会让你吃亏。”

十六岁的小路不听话。于是，一次放学后母亲冲进排练教室，当着众人的面把她揪回了家。

十八岁的小路认真地和父母商量：“爸妈，我不想学会计。”随后，熬夜想了无数遍的理由还没说出口，已被强迫着改了高考志愿。

二十岁的小路对着她喜欢的男生说：“对不起，我们还是算了吧。”

毕业后，小路如父母所愿进了一家不错的公司做会计工作，也谈了对象，就这样不咸不淡地过着。

有朋友见小路状态不佳，便劝说她做出点改变，好好地为自己活一把。小路回答：“对我而言，服从已经成了一种习惯。脱离父母的掌控谈何容易？我的反抗总被当作‘不识好歹’。他们把所有的一切都规划好了，我要做的就是顺着轨道走，没有热情和惊喜，也没有好奇和期待。”

不久之后，小路又说：“年底前我需要找个心理医生，不然我怕自己撑不下去。”

小路的父母无论如何也没有想到，他们无尽的爱与呵护反倒将女儿推上了一条最弯曲的道路。这类父母通常被称作是“直升机父母”，巴不得时刻在孩子头顶上盘旋，监管和包办孩子的一切。美国行为学家克里斯·塞格林曾说，直升机父母长期削弱孩子的处事能力和独立意志，他们看似赢得了眼前的一场战役，实际上却输掉了整场战争。

张爱玲在散文中写道：“在人生的路上，有一条路每个人非走不可，那就是年轻时候的路。”父母纵然经验丰富，想要一路扶持孩子避免其摔跤和碰壁，可往往只有独自走过荆棘丛生的道路，一路跌倒和蹒跚，才能一路摸索和成长。

孩子内心的成长、人格的健全和性格的塑造过程中难免走些弯路。从某种程度来说，这是一个挣扎的过程，孩子与自我抗争，与外界抗争，进而寻求平衡。整个过程正是培养独立思想和人格的关键，不可避免且至关重要。

有人说，如今的孩子面临空前绝后的竞争压力，直接导致愈来愈多的父母陷入教育焦虑，生怕孩子落后于人，“推娃”意识日益强烈。其实，推娃并没有错，毕竟资源有限，竞争无处不在，父母希望推动孩子变得更好，这是天性使然。重要之处在于，面对教育焦虑，父母要学会“正向推娃”，有益于孩子的长期发展。

第一，与其命令孩子去做什么，不如告诉他为什么要这么做。

美国育儿心理学专家吉姆·泰勒提出了“正向推动”的概念。所谓正向推动，就是推动孩子自己定目标并且积极实现它，激发孩子的潜能和动力，使其能不断地推动自己变得更为优秀。“正向推娃”推的是孩子的态度、观念和意志力，而不是推能力和结果。

命令式与控制式的教育很难达到预期的结果，唯有协助孩子在努力的过程中获得激情和效率，才更有可能达到推动的效果。曾有一位来自美国的“哈佛妈妈”这么说道：“孩子不是靠父母逼迫才进了哈佛，他们通过自己争取进了哈佛。”（“Harvard parents cannot push kids to Harvard. Kids push themselves to Harvard.”）

第二，检视自己的价值观，以身作则，言传身教，保证“高质量陪伴”。

《小欢喜》中，宋倩为了能够尽心竭力地照顾女儿而辞掉了自己的工作。现实生活中不乏这样的母亲，辞职的初衷是为了照顾孩子。然而，失去了社会角色的母亲很容易把全部的希望都压在孩子身上，进行押宝式投资，对孩子不断施压，最终适得其反。

诚然，若父母为了事业不断打拼，便会相应地减少陪伴孩子的时间。可换一个角度考虑，当父母过上充满意义和满足感的生活时，自身的观念和思想也会不断进步，能够教会孩子为人处事，引导孩子多角度地看待问题，与孩子的谈话亦能涉及更多和更广的话题。

给孩子的陪伴不仅在于长短，更在于质量。“高质量陪伴”会使孩子更加敬重和信任父母，并且深受其个性和思维方式的影响。

第三，侧重孩子性格、人格和意志力的培养，鼓励多元化发展，重视孩子的独立性。

每个孩子都是独立的个体。道理已然被说滥，却依旧有许多人置若罔闻。父母应当更加注重孩子积极思考和表达的能力，更多地通过平等的谈话获取孩子真实的想法，帮助孩子识别并且健康地表达自己的情绪，更有效地讨论并解决问题和矛盾。

重视个体的独立性有助于保持更加紧密的亲子关系。父母与孩子交流的过程也是相互理解、共同成长的过程。父母重视孩子的成绩是再正常不过的行为，但与此同时也要意识到协助孩子自发地选择感兴趣的、适合的道路比当下的成绩更为重要。人生路漫漫，哀莫过于在全然无感的事情上耗费一生，且不知为何如此。对于孩子成长阶段的重大选择，父母要做到有所为有所不为。

第四，永远不要把“以暴制暴”当作“为孩子好”的方式。

曾经被媒体曝光的不合规“电击疗法”着实令人揪心。张旭（化名）便是其中一位受害者。他当年因年少不更事被父母亲手送进“魔窟”，几度被电击至休克。父母坚信这是改造他的唯一方式，一切都是为了他好。在暗无天日的魔窟之中受到的虐待和折磨以及那份绝望感使他至今无法原谅自己的父母。

一次醉酒之后，他含泪回忆起那段岁月，而母亲却惊讶地说：“那么久远的事你还记得？”

母亲至今没有意识到暴力给儿子带去的伤害。她不知道儿子多少年来一直孤独地与“创伤后应激障碍”和抑郁症搏斗着，亦不知道对亲子关系感到恐惧的儿子曾几次求着妻子打胎。

教育中最可悲的事莫过于父母对子女造成了不可逆转的伤害却不自知。“电击疗法”的事件是极端的，而让父母深感力不从心的叛逆孩子却不占少数。其中，不少父母将无力和愤怒转化为暴力，轻则语言暴力，重则行为暴力。有些孩子在暴力之后看似“改邪归正”，却是治标不治本，因畏惧父母的暴力行径而暂时收敛，内心深处的叛逆丝毫不减。这种表里不一的乖巧更为可怖。孩子不再信任父母，取而代之的是戒备和欺骗，父母也再难及时掌握孩子的心理和精神动态。

棍棒底下只能出“孝顺木偶”。面对孩子的叛逆，沟通依旧是最主要的突破口。很多“不懂事”和“不务正业”的孩子内心深处都是孤独的，充斥着空虚、迷惘和自我怀疑。这类孩子更加需要父母的陪伴和指导，例如，引导其做更为有意义的事情，培养爱好，挖掘潜能。

多数孩子早期的叛逆性质并不恶劣，或多或少是渴望成长的蜕变却又懵懂迷茫所致。当孩子发觉父母正在尝试理解他时，才能够产生信任感和依赖感，进而主动向父母寻求帮助。

父母之爱子，当与子共同成长。

别轻易给孩子设限：把“做不到”变为“做得到”

在亲子综艺节目《一起出发吧》中，演员杨烁对儿子的打击式教育和连环语言暴力屡遭质疑。他曾当着儿子的面对着其他的孩子说道：“你真棒，杨雨辰（儿子的名字）就做不到。”于是，一个年仅7岁、懂事又有灵气的男孩在父亲的连续否定下，变得唯唯诺诺、黯然神伤。

“我家孩子不行，他做不到。”相信许多父母这般说过或想过。这是很常见的一种思维模式，在孩子屡次失败或拒绝某件事之后，父母先于孩子选择了放弃。孩子能否做成一件事情，很难下定论，然而此话一出，孩子就真得再难做到了。在这强大却负面的心理暗示之下，再次尝试的机会被生生剥夺。

在女儿小鹅的成长过程中我也曾犯过这类错误。

小鹅自小胆子就偏小，做事极其谨慎。四个月的她去医院检查身体时便已开始用网络上经典的“哈士奇眼神”审视四周了。于是，在训练一岁半的她独自走路这件事情上，我格外地发愁。我牵着她走了很长一段时间后，她依然不敢也不愿自个儿迈出那小小的一步。终有一天，我蹲在距离她一根手指头以外的地方，看着她双手紧紧地抓着桌子的边缘，死活不肯松手迈向我时，我泪奔了，抓狂了，随后放弃了。

我在心里告诉自己：“她就是胆子小，感觉到危险就不愿意尝试，在大运动方面注定是要落后的。”

后来我和父亲聊起此事。谈及我儿时初学骑自行车时的窘态，他慢悠悠地问道：“你有没有想过，究竟是她有问题，还是你的方法有问题？”

紧接着，他又说：“对待孩子，不要总是被动地等待。你要主动去刺激和引导她，具体用什么办法，自己想吧。”

没过几天，在语言的鼓励和游戏的调动下，小鹅挥一挥衣袖，潇洒地和我这位老母亲说声“拜拜”，随即奔向了她的父亲。

那一刻，喜悦伴随着心酸一股脑地涌上心头，我流下两道宽面条泪，心想：“小情敌，对不住。我之前的方法还真有问题啊。”

这件事带来的冲击挺大。我逐渐明白孩子的成长和发育是非线性的。孩子不会到达一个点便自动升级，人为的干预和适当的刺激是必不可少的。孩子的大脑拥有非常强的改变能力，关键在于时机和方法，学者将脑神经顺应环境而做出改变的能力称为“神经可塑性”。孩子的可塑性不容小觑，采用科学的方式便可将其“做不到”变为“做得到”。

首先是要与孩子建立信任感和安全感。我曾听朋友说起一段儿时往事。小时候，母亲嫌弃她胆子小，做事畏首畏尾，便将她独自一人留在高高的爬梯上，让她自己想办法下来，随后头也不回地走了。很多年以后，朋友仍然无法摆脱童年时代的心理阴影。每当她站在高处往下看时就能体会到儿时的那种恐惧感。生活中也有认识的父母从书中读来名人训子的方式，张开怀抱让孩子从凳子上跳下，却在孩子跳下的瞬间收回双手，美其名曰“教会孩子凡事靠自己，父母也是靠不住的”。

我实难苟同。相较于逼迫，孩子更需要的是推动；相较于绝对的独立，孩子更需要的是相应的引导。我想，孩子遇到难处时懂得向父母求助和取经并在沟通和协助下找到解决问题的方式，这和培养独立精神并不矛盾。唯有孩子寻到得力的武器，才能在不依赖父母的情况下信心满满地上阵迎敌。

倘若当年朋友的母亲可以坚定地守护在爬梯之下，在她犹疑之时鼓励她多次尝试，找到最顺手的方法爬下爬梯，以此让她慢慢消除恐惧，以信心和勇气取而代之，或许效果会更好。

其次，采取正确的方式引导至关重要，例如，观察孩子的喜恶，用其喜欢的方式激发主观能动性，帮助他积极地渡过难关；站在孩子的视角，让其主观上排斥和拒绝的事情变得有趣，从而自己产生尝试和改进的欲望。

最终促使小鹅独立行走的方式非常简单。那天，我牵着她走到一块空地处，带着她在阳光下玩踩影子的游戏。之所以选择这种方法，是源于她对影子的兴趣。小鹅从小就热衷于对着自己的影子打招呼，于是我抱着试一试的想法将“走路”和“捉影子”结合起来，没想到效果甚佳。

陪伴孩子成长的过程堪比升级打怪，总会遇到大大小小诸多关卡。拿学走路这事来说，每个孩子的性格特征和行为风格不同，父母需要采用不同的策略来刺激孩子迈出人生的第一步，或许是拿游戏和玩具引诱，或许一根薯条足矣。关键之处在于父母得知道孩子喜欢和擅长做什么。细细观察便会发觉大多数事情和学走路这件小事都有着异曲同工之妙。

再者，当孩子做不到时，别急着指责和放弃，先反思一下自己。为人父母，很容易产生焦虑感。这种焦虑感很大程度来源于对孩子的爱和期待。我曾自诩心态平和，可自从有了孩子以后，担忧和焦虑可谓如影随形。孩子屡屡做不好，急；孩子落后于他人，急上加急；孩子难以理解自己的用意，十万火急。

然而，孩子不尽完美，父母亦然。或许，父母也该采用一种全新的思维模式，即学会及时反思。孩子的结果不尽如人意，父母可以适当考虑以下三点：一，对孩子是否有足够的关注和耐心？二，引导的方式是否正确和合适？三，自己的言行能否带给孩子正能量，起到模范作用？

承认负面情绪和缺陷的存在，但勿为其所控制。不要轻易给孩子设限，抬头望向前方，那里有一片碧海蓝天。

起跑线与跑道

上大学时，我曾去旁听校内的演讲比赛。一位国字脸的男生在台上讲了一则故事："我有个朋友家里很穷，他总觉得只要有钱了就能过得很快乐。后来他找准时机打入早教市场，没过几年就混得风生水起。多年后，我再次遇见他，忍不住问道：'你现在有钱了，可是你真的开心吗？'他说：'哈哈，爽翻了。'请问，这个故事说明了什么道理？"

"金钱即快乐。"

"苟富贵，无相忘！"

观众席中抢答声不断。

男生推了推眼镜，说道："说明早教市场赚钱多啊。"

台下哄笑声一片。

这段开场白引起了不少人的兴趣，我不禁顺着他的思路开始细想，为何早教能成为媒体笔下的“永恒的朝阳产业”呢？

我想，主要原因是前期宣传做得好，大大小小的早教公司打着“不让孩子输在起跑线上”的旗号，笼络了无数家长“望子成龙、望女成凤”的心。众人满腔热血，一呼百应，哪儿人多往哪儿跑。眼见着孩子的日程表被培训班占满，众人终于露出了欣慰的笑容，语重心长地告诉孩子：“好好学，别落后。别人都上培训班，你不上，就等于输在了起跑线上。”

许多孩子自小被灌输“弱肉强食”的理念，心中竞争意识远高于自我意识，仿佛只有超越了旁人才得以证明自己的价值。最早提出“起跑线”概念的人默认人生是一场竞赛，所有人都在同一条跑道上竞争。全国每年有超过一千万的新生命降临，试问，这条跑道得多宽呐？

某一年在“猪业家禽风云榜”的颁奖大会上，一位养猪公司的副总裁在领奖时说道：“咱们养的猪是真的不能输在起跑线上。”为什么呢？养殖的猪达到一定重量后就会被贩卖和宰杀，短短的“猪生”别无选择。养殖户深知终点在哪儿，于是花大价钱购买最好的饲料，以免自己的猪掉队，在质量和重量方面竞争不过其他的猪。

孩子的人生则是大大的不同。能够自由地选择自己的道路，奔向光明的终点，这是一种幸运，也是一种能力。我上小学的时候，同龄人都在学奥数，整日为了奥数竞赛拼得昏天黑地，六亲不认。我也不例外。可惜，我在数学方面实在没什么天赋，时常眼睛直勾勾地盯着一道奥数题，明明所有的字都认识，连在一块儿就是读不明白；或是上辅导课如听天书，万般无奈之下只得在奥数书上画小人，写故事。唯有一次，我在奥数考试中获得了还不错的成绩，原因是我记忆力不错，考前背了好几道例题的解题步骤和答案，随后破天荒地在试卷上看见了熟悉的关键字。我一直偏文，在一些小型演讲比赛和写作比赛里获过奖。然而，迫于奥数被无限夸大的魅力和竞争带来的巨大压力，我几乎把所有的时间和精力都花在了丝毫不擅长的事情上。

《世界尽头的咖啡馆》中凯茜讲述了绿海龟的故事。她在潜水时偶遇了一只绿海龟，它看似游得很慢，常人却很难追上它。她仔细观察海龟的前行规律，随即发现了其中的奥秘。海龟会在与之前进方向相反的“反向浪”中漂浮起来，养精蓄锐，而在“正向浪”涌起时拼命加速，铆足了劲向前冲。

很多家长信奉“随大流”，殊不知若孩子与他想做的、擅长的事情不在一个频道上，会耗费成倍的精力却不见得能处于“大流”的前端。当孩子有机会为想做的事情拼搏一把时，却发现没有足够的时间和心力了。这是把所有孩子置于同一跑道的弊端之一。

另一个弊端在于，对竞争和名次过度的强调会成为阻碍前行的“反向浪”。从小受此观点影响的孩子容易将幸福感建立于光鲜亮丽的生活和他人的肯定与艳羡之上，从而将大把的时光和力气耗费在维系固有的形象和状态上。选择适合自己的跑道，心无旁骛地奔跑，才能避免在生活的“反向浪”中与目标渐行渐远，力不从心。

也有人会问，孩子确实选择了属于自己的跑道，为何与同一跑道上的其他孩子差距还是那么大呢？在人生的长跑中成为赢家的孩子往往都具备三样“法宝”：优秀的习惯、正确的方法、浓厚的兴趣。

常言道，习惯决定成败。举个简单的例子，到了读书的年纪，一些父母发现孩子学习时难以集中注意力，上课时总是走神，写作业时东张西望，花同样的时间学到的东西不及其他孩子的一半。其实，能够集中精力做事的孩子多半自小受到来自家庭的熏陶和训练。父母对孩子注意力习惯的培养程度从幼儿时期乃至婴儿时期就已见分晓。当孩子一言不发地用感觉器官和四肢探索新鲜事物时，有的父母适时地给予了安静的环境和空间，给孩子独自研究的时间之后再提出新的想法或提议，而有的父母总是在一旁时不时地出声打断孩子的思维，丝毫不给孩子大脑专注思考的机会。

对于六至七岁以前的孩子而言，玩耍的过程就是学习和培养习惯的过程。比如，当孩子一会儿拿着蜡笔在纸上涂两下，一会儿拿起积木搭几层时，父母可以适当地介入，带领孩子坐在椅子上认认真真地画上十分钟。在这段时间内，孩子可以尽情地在纸上发挥，但不可以三心二意地触碰其他玩具，时间到了，再进行下一个活动。

除了习惯的培养外，学习方法也至关重要。古人云，授之以鱼不如授之以渔。成绩拔尖和能力出众常被归因于智商和天赋，实则是在于方法得当。例如，有的孩子记英语单词特别快，词汇量大得惊人，其原因在于熟知音标和其规律，善于运用图像记忆法和曲线记忆法等。

很多人对孩子的兴趣培养存在一种误解，即完全让孩子自主发觉兴趣所在，如若兴趣不大便就此放弃。我一直强调孩子的主观能动性，但是在这件事情上却建议父母稍加强硬一些。孩子的耐性和悟性均有限，需要父母有效的观察和推动，观察的是孩子的脾性、特质和能力界限，推动的是孩子学习的积极性。比如，当孩子对音乐展现出一丝兴趣并跟随节奏律动时，父母便可以有意识地引导孩子接触乐器。孩子在刚开始学习乐器之时，最初的热情和兴趣很容易被它的枯燥和困难所磨灭。这时候，父母应有意识地带孩子听听音乐会或经典音乐作品，讲讲音乐的奥妙之处；又或是将单调的五线谱和音符做成彩色小卡片，和孩子一道在游戏中学习。

放眼望去，有些孩子在远处的弯道里肆意奔跑，有些孩子在近处的直道上摩拳擦掌。找准定位，选择合适的跑道，根据自身需求和特质设置起跑线，调整状态和步伐，不急于求成，不盲从他人，厚积薄发，受益终生。

谁捂住了孩子的嘴

早前一则“上市企业高管性侵养女数年”的新闻引爆网络，而施暴者却因深谙法律而长期精心布局，逍遥法外。近些年，信息传播速度愈来愈快，信息量也愈来愈大，性侵案件和校园霸凌的事件不断曝光，越来越多的父母意识到孩子对性的无知和环境对性的避讳为加害者提供了太多的便利。然而，仍旧有不少人尚未意识到问题的存在和严重性。

有的孩子被侵犯后，加害者笑着问她好不好玩；有的孩子事后感到极度不适和恐慌，自己上网查询才知道发生了什么；有的孩子尝试将情况告诉父母，出于某些原因话到嘴边又生生吞了回去。

林奕含在半自传小说《房思琪的初恋乐园》中讲述了女孩房思琪被老师长期性侵的故事。老师把他的行为称之为爱，只是方式粗暴。房思琪试图告诉母亲自己的遭遇，她以事不关己的口吻提起，结果母亲脱口而出一句“哪个女孩这么小年纪就这么骚”，她便再也没有提起过。

房思琪是很多受害孩子的真实写照。孩子在受到侵害时根本没有明白这个行为意味着什么，等到终于明白时，要么因为罪恶感和羞耻感选择沉默，长期被抑郁症和创伤后应激障碍折磨，要么在加害者的洗脑下把这一行为强行理解为爱或强迫自己爱上加害者，以此逃避心中的痛苦，斯德哥尔摩综合征就是这么来的。

美剧《13个原因》中女主人公汉娜说：“有时候不可预测性令人无法招架，让我们觉得自己渺小和无力。当我回顾一切，终于明白了这一切是怎么发生的，我决定再也不能有人伤害我了。”

她最终用自己的死亡换来真相的曝光和痛苦的终结。令人难过的是，很多青少年观众对汉娜的想法表示感同身受。当原本阳光满溢的校园成了监狱般的模样，本该友好相处的同龄人肆意地羞辱和伤害着彼此，那种感觉的确生不如死，从盼望毕业后赶紧逃脱，到盼望差劲的自己早点消失。

《凤凰周刊》和公益组织“女童保护”发布的数据显示，儿童性侵案件中，熟人作案的比例高达66.25%，这其中包含老师、邻居、亲戚、父母的朋友等。另有数据显示，对孩子进行过防性侵安全教育的家长只占37.35%，其余的家长要么含糊其辞地几句话带过，要么完全闭口不谈。

除了熟悉的成年人作案之外，同龄人之间的欺凌和暴力也令许多孩子坠入深渊。调查表明，90%的孩子都或多或少在学生时代被欺凌过。由于儿童时期到青春期的孩子处于性启蒙阶段，多数欺凌会和性有关，或带有性的成分。

同龄人欺凌通常包括：

一，言语攻击：属于间接攻击。比如造谣、取外号等。“被霸凌者”经常被取一些比较低级甚至下流的绰号，或是被谣言塑造成一个不堪的形象，在充斥着羞辱和恶意的环境中逐渐消沉。

二，关系攻击：比如集体排挤。我曾认识一个女孩，因相貌平庸性格不讨喜被全班同学排斥。后来，同学们偶然间得知她喜欢某个男生，犹如发现了新大陆，换着法子整她。变本加厉的嘲笑和排挤使得那个原本对她还算温和的男生见到她避之如蛇蝎，也令女孩日渐消沉，开始自我厌弃。

三，暴力行为：比如游戏形式的侵犯。很多“90后”可能对男生之间一个名为“阿鲁巴”的游戏耳熟能详，有位朋友曾告诉我，他亲眼见过班里一名男同学在“游戏”过后一个人躲在水房里崩溃大哭。很多时候，孩子并未清楚地认识到这个行为背后的意义和对受害者生理和心理的双重伤害。

当孩子变得越来越谨小慎微和沉默寡言，当孩子经常把自己锁在房里不出门，当孩子悲伤地望着家人欲言又止，他很有可能是在发出信号：救救我。

父母永远是保护孩子免受性侵害和校园欺凌的第一道防线，以下是比较关键的几点：

第一，鼓励孩子对不舒服的行为说“不”。成年人总是希望展现自己为人亲和的一面，但这其中绝不包括让旁人随意触碰自己的孩子。有些亲戚和朋友会很热情地对孩子说“这么可爱的孩子，来，给我抱一抱，给我摸一摸，给我亲一亲”。如果孩子感到不适而反抗，父母不必责怪或是感到尴尬，请当着孩子的面礼貌地拒绝，事后再次和孩子强调身体是属于自己的，当感到不舒服时可以及时划清界限。必要时可以教一教孩子如何得体地拒绝他人。

第二，在洗澡时向孩子介绍身体的隐私部位，告诉孩子这些地方不可以随意给别人看、拍照或是触碰，包括父母的朋友和熟悉的长辈。曾有一例案件，女孩放学后到父亲的朋友家写作业，那位叔叔是个医生，连哄带骗以检查的名义对女孩进行了侵犯。请一定要告诉孩子，除非父母提前告知的特殊情况，没有人可以触碰或者指使其暴露自己的身体。

第三，给孩子足够的安全感和信任感。请认真地告诉孩子："如果有人强迫你做一些事，并且告诉你别人都是这么做的，你若不这么做大家都会讨厌你，你若告诉父母他们也会抛弃你，遇到这类情况一定要告诉父母，不要因为害怕而隐瞒。"

第四，得知孩子遭遇侵害或是校园欺凌之后，应及时关注孩子的心理状态。有的父母在孩子讲述自己的遭遇后第一反应是"为什么别人不被欺负呢，被欺负你不会反抗吗，你是傻子吗？你真懦弱。"云云。在"受害者有罪论"的影响下，孩子逐渐产生了错误的思维模式，认定自己才是过错方，从而陷入深深的羞愧感和自卑感中，情况越来越糟糕。父母应温和而坚定地告诉孩子："这不是你的错，是他们做错了。"同时，父母可以适当地教给孩子一些对策，甚至直接干预，帮助孩子调整现状，建立和扩大其社交圈。

第五，谨防校园里打着"爱情"和"友情"旗号的控制和侵害。孩子应当知道，每个人都对自己的身体拥有掌控权，永远不要以违背自己的意愿、伤害自己的身体的方式换取他人的爱和接受。如果一段关系和一件事情已然带来无法排遣的痛苦，那么一定要及时寻求帮助，不要用他人的错误惩罚自己，不要让他人的恶意摧毁自己。

没有任何理由可以帮助施暴者和欺凌者开罪，正如纳博科夫写《洛丽塔》的初衷一般：“你要戳穿亨伯特用语言布下的迷魂阵，坚信自己一开始最朴素的道德判断。亨伯特是有罪的。”

电影《熔炉》的结局在现实生活中不断地上演，校园欺凌屡见不鲜。谁捂住了她的嘴，冷笑着看她流泪；谁伤害了他的身体，却告诉他这是场游戏。对父母来说，这是一场硬仗，是时候入场了。